AF091943

अध्याय
९

राजयोग गीता

असाधारण समर्पण युक्ति

भक्त जब हर क्रिया ईश्वर को समर्पित करता है
तब वह ईश्वर का प्रिय से भी प्रिय होता है

राजयोग गीता

असाधारण समर्पण युक्ति

by **Sirshree** Tejparkhi

प्रथम आवृत्ति : जुलाई २०१८
प्रकाशक : वॉव पब्लिशिंग्ज् प्रा. लि., पुणे

© Tejgyan Global Foundation
All Rights Reserved 2018.
Tejgyan Global Foundation is a charitable organization
with its headquarters in Pune, India.

© सर्वाधिकार सुरक्षित

वॉव पब्लिशिंग्ज् प्रा. लि. द्वारा प्रकाशित यह पुस्तक इस शर्त पर विक्रय की जा रही है कि प्रकाशक की लिखित पूर्वानुमति के बिना इसे व्यावसायिक अथवा अन्य किसी भी रूप में उपयोग नहीं किया जा सकता। इसे पुनः प्रकाशित कर बेचा या किराए पर नहीं दिया जा सकता तथा जिल्दबंद या खुले किसी भी अन्य रूप में पाठकों के मध्य इसका परिचालन नहीं किया जा सकता। ये सभी शर्तें पुस्तक के खरीददार पर भी लागू होंगी। इस संदर्भ में सभी प्रकाशनाधिकार सुरक्षित हैं। इस पुस्तक का आंशिक रूप में पुनः प्रकाशन या पुनः प्रकाशनार्थ अपने रिकॉर्ड में सुरक्षित रखने, इसे पुनः प्रस्तुत करने की प्रति अपनाने, इसका अनूदित रूप तैयार करने अथवा इलेक्ट्रॉनिक, मैकेनिकल, फोटोकॉपी और रिकॉर्डिंग आदि किसी भी पद्धति से इसका उपयोग करने हेतु समस्त प्रकाशनाधिकार रखनेवाले अधिकारी तथा पुस्तक के प्रकाशक की पूर्वानुमति लेना अनिवार्य है।

Rajyog Gita
Asadharan Samarpan Yukti

प्रस्तावना

आत्मसाक्षात्कार (गीता) के बाद क्या
ओह!! आय सी..

एक बार एक आत्मसाक्षात्कारी संत अपने कंधे पर अनाज का बोरा लादकर कहीं जा रहा था। तभी वहाँ से गुजरते हुए एक इंसान ने संत को रोककर पूछा, 'क्या आप बताएँगे कि आत्मसाक्षात्कार प्राप्त करके क्या होता है?' संत ने उस इंसान की ओर देखा और मुस्कुराते हुए कंधे पर लादा हुआ बोरा उतारकर नीचे रख दिया यानी बिना कुछ कहे ही जवाब दे दिया। इंसान सोचता रहा, फिर उसने पूछा, 'अच्छा आत्मसाक्षात्कार हो जाने के बाद लोग क्या करते हैं? आत्मज्ञान मिलने के बाद लोग कैसे जीते हैं?' संत ने फिर से बोरा कंधे पर लादा और चलता बना। अर्थात आत्मसाक्षात्कार होने से पहले भी इंसान बोरा लादकर चलता है और आत्मसाक्षात्कार प्राप्त करने के बाद भी बोझ उठाकर चलता है। मगर दोनों में फर्क है। पहले इंसान बोरे के वज़न को बोझ मानता है लेकिन बाद में वही बोझ, बोध में तबदील हो जाता है, जो आनंद का कारण बनता है।

अतः आपको बोझ नहीं बोध का फैन बनना है। जो बोझ के फैन हैं, वे लोभी बनते हैं, रोगी बनते हैं। जबकि जो बोध के फैन हैं, वे खोजी बनते हैं, योगी बनते हैं। बिना बोध के इंसान पर ज्ञान का भी बोझ बनता है, दुःख के साथ सुख का भी बोझ बनता है।

अध्याय ९ में आपको परम गोपनीय ज्ञान योगी बनने का रहस्य बताया गया है। इसमें जिन शब्दों को आप पढ़ेंगे, वे काम के नहीं हैं बल्कि उनके द्वारा जो बोध मिलेगा, वह काम का है।

यह परम गोपनीय ज्ञान क्या है? जब ज्ञान व विज्ञान आपस में मिलते हैं तो बनता है तत्त्वज्ञान। इस तत्त्वज्ञान का जब अनुभव से बोध होता है तब परम गोपनीय (परमगुह्य ज्ञान) खुलता है। तत्त्वज्ञान ऐसा ज्ञान है, जो नहीं जाना तो सब कुछ जानते हुए भी कुछ न जाना। मान लीजिए, आपका दाहिना हाथ ज्ञान का प्रतीक है और बायाँ हाथ विज्ञान का। जब ये दोनों हाथ मिलते हैं तब तत्त्वज्ञान प्रकट होता है। बशर्ते कि मिलाप सही तरीके से होना चाहिए। यदि मिलाप सही हो तो हाथ दूर करने के बाद भी मेल बना रहता है। जैसे आप जिसके साथ दिल से जुड़े हों, वह इंसान यदि आपसे दूर भी रहे, फिर भी आपसे जुड़ा रहता है। और किसी के साथ आपका दिल जुड़ा न हो और वह आपके साथ ही रहता हो तो भी आपके बीच कनेक्शन नहीं रहता। यदि विज्ञान कहे, 'मैं महान' और ज्ञान कहे, 'मैं महान' तो दोनों का योग नहीं हो सकता। अतः अपने भीतर विज्ञान और ज्ञान का तालमेल बिठाकर गोपनीय ज्ञान को खुलने का मौका दें।

इस गोपनीय ज्ञान में यह राज़ छिपा है कि किस तरह मनुष्य के जीवन में घटनेवाले सभी प्रसंग उसके संकल्पों पर आधारित होते हैं। लेकिन उसके भीतर का चैतन्य इससे अछूता रहता है। मनुष्य के वर्तमान कर्मों के आधार पर उसके अगले कर्म निर्धारित होते हैं और इस तरह जीवन चक्र चलता रहता है।

इस परम चैतन्य का बोध ही आत्मबोध है। श्रीकृष्ण कहते हैं– दुष्ट, दुराचारी मनुष्य भी संकल्प के आधार पर आत्मबोध की अवस्था को प्राप्त हो सकता है। उसे साधू ही समझना चाहिए। जैसे एक डाकू से वाल्मिकी ऋषि बनने का उदाहरण सभी जानते हैं।

आत्मबोध अवस्था प्राप्त करने के लिए इस अध्याय में भगवान कृष्ण द्वारा असाधारण समर्पण योग का जिक्र किया गया है। यह ऐसा योग है, जहाँ केवल कर्म ही नहीं बल्कि कर्म करेवाला भी समर्पित हो जाता है। जिसके बाद ही आत्मबोध अवस्था प्रकट होती है।

जब कोई इंसान समर्पण करता है तब सबसे पहले बाहरी चीज़ें समर्पित करता है जैसे अपने कर्मफल, शंकाएँ, वृत्तियाँ, दुःख, सुख इत्यादि। परंतु असाधारण समर्पण योग सिखाता है कि उसे स्वयं को भी समर्पित करना है। जैसे यदि किसी को कहा जाए कि 'तुम्हारे पास जो-जो है उसे समर्पित करो' तो पहले पहल वह अपने आस-पास रखी वस्तुएँ समर्पित करेगा, फिर धीरे-धीरे अपनी जेब में रखी वस्तुओं को निकालकर रखेगा। किंतु उसकी समझ में नहीं आता कि वस्तुएँ निकालनेवाला कर्ता (अहंकार) भी समर्पित होना चाहिए। यह असाधारण समर्पण योग है, जिसे आपको इस पुस्तक में समझना है। शुरुआत में इंसान का मन इसके लिए राज़ी नहीं होता। तब उसे बताया जाता है, 'जो आदतें और विचार समर्पित करना संभव हैं, उनके साथ समर्पण की शुरुआत करो।' फिर धीरे-धीरे उसके साथ कर्ताभाव और तोलू मन भी समर्पित होता है और प्रकट होता है गोपनीय ज्ञान!

जब कोई बात हमारे लिए गूढ़ या गोपनीय होती है और किसी के समझाने पर जब हमें उसका बोध होता है तो सहज ही हमारे मुख से निकलता है, ओह!! ऐसा है... आय सी...।

यही उम्मीद करते हैं कि यह पुस्तक पढ़कर आप बोधानुभव में जाकर कह सकें, ओह!! आय सी... अब मुझे सब साफ-साफ दिखाई दे रहा है।

... सरश्री

॥ विषय सूची ॥
राज विद्याराजगुह्ययोग

श्लोक	विषय	पृष्ठ
1-3	राज विद्या गोपनीय ज्ञान महिमा	7
4-10	भूतनाथ, रचनाकार और रचना प्रणाली	15
11-15	दैवी और असुरी प्रकृतिवालों का भेद	27
16-19	दृष्टि कृष्ण पहचान	37
20-24	आवागमन ज्ञान, कुछ भक्तों का अज्ञान	43
25-29	प्रिय भक्त बनकर असाधारण समर्पण	51
30-31	एक निश्चयी की महिमा	61
32-34	शरणागति (असाधारण समर्पण) सूत्र	65

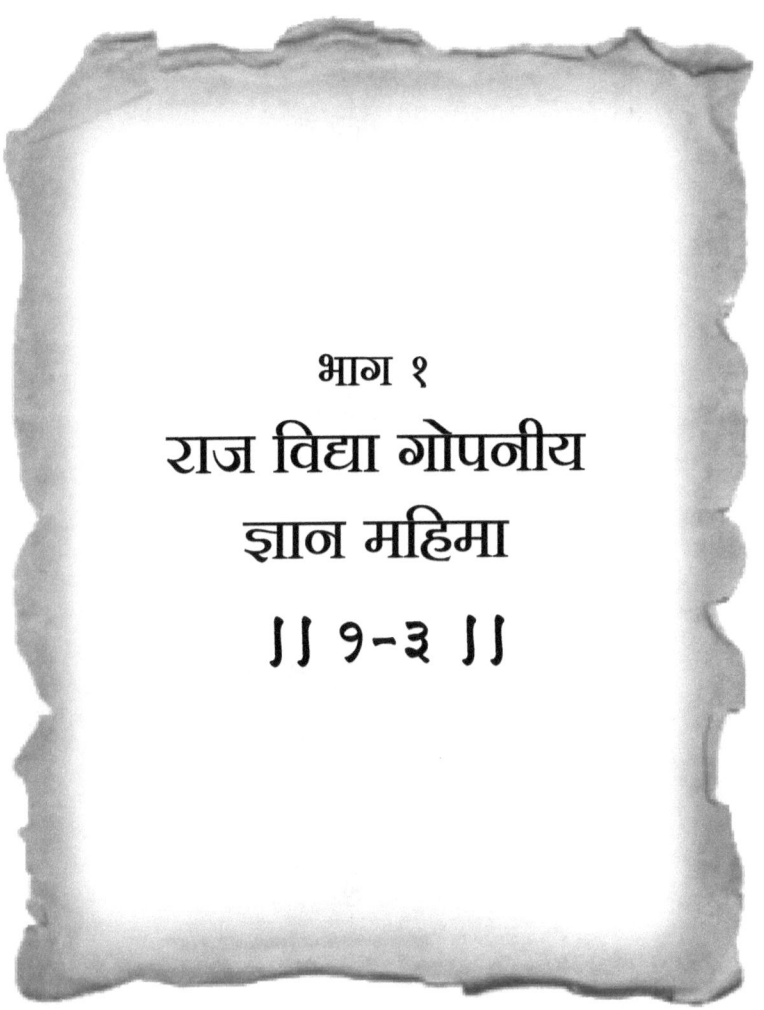

भाग १
राज विद्या गोपनीय ज्ञान महिमा

|| १-३ ||

अध्याय ९

इदं तु ते गुह्यतमं प्रवक्ष्याम्यनसूयवे । ज्ञानं विज्ञानसहितं यज्ज्ञात्वा मोक्ष्यसेऽशुभात् ।।१ ।।

राजविद्या राजगुह्यं पवित्रमिदमुत्तमम्। प्रत्यक्षावगमं धर्म्यं सुसुखं कर्तुमव्ययम् ।।२ ।।

अश्रद्दधानाः पुरुषा धर्मस्यास्य परन्तप। अप्राप्य मां निवर्तन्ते मृत्युसंसारवर्त्मनि ।।३।।

1

श्लोक अनुवाद : श्रीकृष्णभगवान बोले, हे अर्जुन!– तुझ दोष–दृष्टिरहित भक्त के लिए इस परम गोपनीय विज्ञानसहित ज्ञान को (पुनः) भली–भाँति कहूँगा कि जिसको जानकर (तू) दुःखरूप संसार से मुक्त हो जाएगा ।।१।।

गीतार्थ : गीता के प्रथम अध्याय में श्रीकृष्ण ने अर्जुन की समस्या जानी। वह स्वयं को मारनेवाला और सामने खड़े विरोधियों को मरनेवाला मानकर, अपने कर्तव्य से पीछे हट रहा था। वह मोहग्रस्त होकर युद्ध से पलायन कर रहा था। अतः उसे ज्ञान देने हेतु दूसरे अध्याय– सांख्ययोग में श्रीकृष्ण ने उसे संपूर्ण तत्वज्ञान दे दिया। उसे बता दिया कि 'न तू मरनेवाला है, न ही मारनेवाला... तू अजर, अमर, अविनाशी चैतन्य है। यह संसार उसी चैतन्य का बनाया रंगमंच है... इसमें तू एक अभिनेता की भाँति अपनी भूमिका को पहचानकर, उसे साक्षीभाव से निभाता जा। इसी में तेरा कल्याण है... इसी में तेरी मुक्ति है... तेरे हाथ में इसके सिवाय कुछ है भी नहीं...!'

इसी सत्य को अलग–अलग तरह से समझाते-समझाते अध्याय ९ आ गया मगर अर्जुन ने अभी तक हथियार नहीं उठाए यानी कहीं न कहीं कुछ समझना बाकी है। इसलिए अध्याय की शुरुआत में श्रीकृष्ण, अर्जुन को दोष-दृष्टिरहित संबोधित कर रहे हैं। शुरुआत के ८ अध्याय सुनने के बाद अर्जुन के मन में बसा अहंकार और दोष देने का दुर्गुण नष्ट हो चुका होगा, यह महसूस कर भगवान श्रीकृष्ण उसे ज्ञान दे रहे हैं।

जब कोई इंसान ज्ञान की बातें सुनता है तब दोष दृष्टि की वजह से उसमें भी गलतियाँ निकालता है। श्रीकृष्ण यह बात भली–भाँति जानते हैं इसलिए इस ज्ञान का महत्त्व बार-बार अर्जुन को बता रहे हैं ताकि तुलना, तोलना और अहंकार में उलझे हुए उसके मन के इस हिस्से को भक्ति की दिशा मिले और वह सही ढंग से ज्ञान ग्रहण कर पाए।

जैसे कोई बीमारी ठीक होने के लिए जब एक डॉक्टर पेशंट को दवाई देता है तब वह कहता है, 'दवाई के सामने अगरबत्ती जलाने के लिए यह दवाई नहीं है। आपको इसे खाकर स्वस्थ होना है। यह दवाई खास आपके लिए बहुत दूर से

मँगवाई गई है इसलिए इसे समय पर बिना भूले खाएँ।' ये बातें सुननेवाला पेशंट यदि दोष-दृष्टिवाला होगा तो कहेगा, 'यह डॉक्टर अहंकारी है इसलिए मुझे ऐसी बातें सुना रहा है।'

उस वक्त पेशंट को यह समझना चाहिए कि बीमारी से निजात पाने के लिए बिना डॉक्टर को दोष देते हुए, उसे समय पर दवाई खानी आवश्यक है। डॉक्टर जानते हैं कि कोई पेशंट डाँटने के बाद ही उनकी बातें मानता है तो वे वैसी भूमिका निभाते हैं। श्रीकृष्ण भी अर्जुन को संपूर्ण ज्ञान मिले इसलिए सभी तरह की भूमिकाएँ निभा रहे हैं।

अतः इस अध्याय में वे अर्जुन को पुनः वही तत्वज्ञान देते हुए ईश्वर, जीव और सृष्टि का रहस्य बता रहे हैं। इस रहस्य को उन्होंने इस अध्याय में एक नया नाम दिया है 'गुह्ययोग' यानी गुप्त योग। ऐसा ज्ञान जो लगभग गोपनीय है। श्रीकृष्ण जानते हैं कि यह गोपनीय ज्ञान प्राप्त करने के बाद अर्जुन का अहंकार पूरी तरह नष्ट हो जाएगा।

वरना अहंकार और दोष दृष्टि से मुक्ति न पानेवाले के लिए दुःख का चक्र चलता ही रहता है। बिना सद्‌गति प्राप्त किया हुआ इंसान जन्म-मृत्यु के चक्र में घूमता रहता है। जैसे भगवान बुद्ध की सिखावनियों में पहला आर्यसत्य है- 'दुःख।' अर्थात जब शरीर को चोंट पहुँचती है तब आपको दुःख होता है। साथ ही किसी से मनमुटाव होने पर मन की चोंट से दुःख होता है। अगर शरीर और मन स्वस्थ है तो भी बढ़ती उम्र के साथ भविष्य की चिंता से इंसान दुःखी होता है। ऐसी अवस्था में दुःख मुक्ति के लिए नौवें अध्याय में श्रीकृष्ण अर्जुन को गोपनीय ज्ञान दे रहे हैं।

श्रीकृष्ण कहते हैं कि यह ज्ञान पाकर वह इस सुख-दुःख के चक्रवाले संसार से मुक्त हो जाएगा। यहाँ संसार से मुक्ति का अर्थ पृथ्वी जीवन की समाप्ति से नहीं है। इसका अर्थ है उसकी वह अहंकारपूर्ण दृष्टि नहीं रहेगी, जहाँ से देखने पर उसे संसार में दुःख प्रतीत होते हैं। इस ज्ञान को पाकर उसे वह समझ, वह सोच, वह दृष्टि मिलेगी, जहाँ से देखने पर 'सब रब है' ही दिखता है, सिर्फ आनंद ही आनंद रहता है...।

अध्याय ९ : २

2

श्लोक अनुवाद : यह विज्ञानसहित ज्ञान सब विद्याओं का राजा, सब गोपनीयों का राजा, अति पवित्र, अति उत्तम, प्रत्यक्ष फलवाला। धर्मयुक्त, साधन करने में बड़ा सुगम (और) अविनाशी है।।२।।

गीतार्थ : श्रीकृष्ण इस गोपनीय ज्ञान की महिमा बताते हुए कहते हैं कि यह विज्ञान सहित ज्ञान सब ज्ञान, कला, विद्याओं का राजा है यानी उनमें सबसे बड़ा है। संसार में इस तत्वज्ञान (सांख्यज्ञान, आत्मज्ञान, अंतिम सत्य) के अतिरिक्त जो भी कला, ज्ञान, विज्ञान, विद्याएँ आदि हैं, वे सभी विज्ञान की श्रेणी में आती हैं। यह गोपनीय ज्ञान ही वास्तव में असली ज्ञान है इसीलिए वे इसे अति पवित्र, अति उत्तम, प्रत्यक्ष फलवाला और धर्मयुक्त कह रहे हैं।

यहाँ पर फल की बात पढ़कर कोई यह न सोचे कि इसको साधने से कोई सांसारिक फल जैसे धन, वैभव, सिद्धि, प्रसिद्धि आदि मिलेगी। इसको साधने के बाद इन प्रलोभनों की आवश्यकता ही नहीं पड़ेगी। इंसान प्रेम, आनंद, मौन की ऐसी उच्चतम अवस्था में रहेगा कि ये सारे आकर्षण उसे फीके और फालतू लगेंगे।

साथ ही श्रीकृष्ण इस ज्ञान को अति पवित्र बताते हैं क्योंकि इसमें सुख और दुःख दोनों की मिलावट नहीं है। शरीर, मन, बुद्धि, विकार आदि सभी के पार जब इंसान अपने होने के एहसास की अवस्था में स्थापित होता है तब यह ज्ञान प्रकट होता है। इसकी पवित्रता का वर्णन करते हुए 'अति' शब्द जोड़ा गया है क्योंकि इसमें कोई मिश्रण नहीं है।

श्रीकृष्ण कहते हैं, यह ज्ञान साधन करने में बड़ा सुगम है। जिसे ज्ञान समझकर जीवन में उतार लिया, उसके लिए तो यह सुगम (आसान) ही है लेकिन जो अपने अंदर के 'मैं' से चिपका हुआ है और उसे छोड़ने को तैयार नहीं, उसके लिए यह निश्चय ही कठिन होगा..।

वे इस ज्ञान को अविनाशी भी कह रहे हैं यानी कभी नष्ट न होनेवाला।

अध्याय ९ : ३

संसार में आपने देखा होगा कि समय के साथ कितनी कलाएँ, विद्याएँ नष्ट हो जाती हैं। साइंस भी अपनी थ्योरी बदलते रहता है मगर यह तत्वज्ञान का सत्य ऐसा शाश्वत सत्य है, जिसे न बदला जा सकता है, न ही गलत सिद्ध किया जा सकता है। मगर इसकी प्रमाणिकता तर्कों से सिद्ध नहीं की जा सकती। यह तो सिर्फ अनुभव से जाना जा सकता है। जैसे कबीर ने कहा है, जिन ढूँढ़ें तिन पाइयाँ, यानी जिसने पूर्णतया समर्पित होकर खोजा है, उसने इस अनुभव को पाया है।

3

श्लोक अनुवाद : और– हे परंतप! इस (उपर्युक्त) धर्म में श्रद्धारहित पुरुष मुझको न प्राप्त होकर मृत्युरूप संसार चक्र में भ्रमण करते रहते हैं।।३।।

गीतार्थ : श्रीकृष्ण कहते हैं जिसकी इस सत्य में श्रद्धा नहीं है यानी जो इसे सत्य नहीं मानता, वह मुझ तक नहीं पहुँच पाता। इसके अतिरिक्त जो ईश्वर को सिर्फ अपने फायदे के लिए भजता है और सकाम भक्ति में लगा रहता है, वह भी मुझे (आत्म-अनुभव को) नहीं पा सकता। उसका पूरा जीवन अज्ञान में ही निकल जाता है।

जो ईश्वर को पाना तो चाहता है मगर उसे पाने के सही तरीके को नहीं जानता, वह अन्य किसी साधन या जुगाड़ में लगा रहता है, जैसे तंत्र-मंत्र, कर्मकाण्ड आदि। वह भी आत्म-अनुभव नहीं कर पाता।

सत्य को न जानने के कारण इन सभी स्थितियों में इंसान के भीतर का 'मैं' (अहंकार) हमेशा जीवित ही रहेगा, जिस कारण वह 'मेरे-तेरे' की भेदबुद्धि धारण किए हुए सुख-दुःख के खेल में उलझा रहेगा। वह उसी बुद्धि से सकाम कर्म करता रहेगा और उनके कर्मबंधनों में जकड़ा रहेगा। उन बंधनों में उलझा वह पार्टवन (पृथ्वी जगत) और पार्टटू (सूक्ष्म जगत) के मध्य आता-जाता रहेगा। अपना हिसाब-किताब निपटाता रहेगा और कभी उनसे बाहर आकर मुक्ति की अवस्था प्राप्त नहीं करेगा।

अध्याय ९ : ३

मुक्त होने के लिए एक ही शर्त है, अहंकार का समर्पण और वह ईश्वर के सत्य को, उसके मूल तत्त्व को जानकर श्रद्धा और भक्ति के मार्ग पर चलने से ही संभव होता है।

● मनन प्रश्न :

१. आपकी दृष्टि में मुक्ति के क्या मायने हैं, इस अध्याय से मुक्ति के बारे में क्या समझ मिली?

२. आप ईश्वर की भक्ति किस भावना से करते हैं, उसे पाने के लिए या अपनी इच्छाओं की पूर्ति के लिए?

भाग २

भूतनाथ, रचनाकार और रचना प्रणाली
।। ४-१० ।।

अध्याय ९

मया ततमिदं सर्वं जगदव्यक्तमूर्तिना । मत्स्थानि सर्वभूतानि न चाहं तेषवस्थितः ।।४ ।।

न च मत्स्थानि भूतानि पश्य मे योगमैश्वरम्। भूतभृन्न च भूतस्थो ममात्मा भूतभावनः ।।५ ।।

यथाकाशस्थितो नित्यं वायुः सर्वत्रगो महान्। तथा सर्वाणि भूतानि मत्स्थानीत्युपधारय ।।६ ।।

सर्वभूतानि कौन्तेय प्रकृतिं यान्ति मामिकाम् । कल्पक्षये पुनस्तानि कल्पादौ विसृजाम्यहम् ।।७ ।।

प्रकृतिं स्वामवष्टभ्य विसृजामि पुनः पुनः । भूतग्राममिमं कृत्स्नमवशं प्रकृतेर्वशात् ।।८ ।।

न च मां तानि कर्माणि निबध्नन्ति धनञ्जय। उदासीनवदासीनमसक्तं तेषु कर्मसु।।९ ।।

मयाध्यक्षेण प्रकृतिः सूयते सचराचरम् । हेतुनानेन कौन्तेय जगद्विपरिवर्तते ।।१० ।।

4

श्लोक अनुवाद : और हे अर्जुन!– मुझ निराकार परमात्मा से यह सब जगत् (जल से बर्फ के सदृश) परिपूर्ण है और सब भूत मेरे अंतर्गत संकल्प के आधार स्थित हैं, (किंतु वास्तव में) मैं उनमें स्थित नहीं हूँ।।४।।

गीतार्थ : भगवान श्रीकृष्ण अपने अव्यक्त स्वरूप का स्वभाव समझाते हुए कहते हैं कि यह जो सारा संसार दिखायी दे रहा है, यह मेरा ही विस्तार है। मैं अपने मूल अव्यक्त स्वरूप से संपूर्ण जगत में व्याप्त हूँ।

चैतन्य तत्त्व में यह जगत ऐसे है जैसे जल में बर्फ। यह संसार ठीक इस तरह है जैसे जल में बर्फ का ढेला तैर रहा हो। बर्फ भी पानी और जिसमें वह तैर रहा है, वह भी पानी। सृष्टि का अर्थ है– पानी में पानी का आकार। यह जगत उस ब्रह्म रूप जल में एक बर्फ के टुकड़े की तरह है। हालाँकि बर्फ, जल से ही बनता है लेकिन जल और बर्फ के गुणधर्म अलग-अलग हैं।

इसे एक और उपमा से समझते हैं– जिस प्रकार लहरों के उठने से जल में फेन व्यक्त रूप में दिखायी देता है लेकिन फेन में पानी नहीं दिखायी देता, उसी प्रकार आकार का यह संसार मुझमें ही दिखायी पड़ता है लेकिन इस संसार में मेरा निवास नहीं होता। जड़, चैतन्य के आधार पर प्रकट होता है लेकिन जड़ के भीतर चैतन्य नहीं है। चैतन्य के कारण शरीर ज़िंदा है पर चैतन्य के अभाव में वह लाश मात्र है।

जैसा कि पिछले अध्याय में बताया गया, ब्रह्मा के एक संकल्प से संपूर्ण सृष्टि का निर्माण हुआ। अतः श्रीकृष्ण कह रहे हैं कि सभी भूत अर्थात नाशवान जगत मेरे भीतर संकल्प के रूप में स्थित है परंतु मैं संकल्प में स्थित नहीं हूँ। एक इंसान आइने में जब अपना प्रतिबिंब देखता है तो वह जानता है कि प्रतिबिंब आभास है। आभास मेरे कारण है लेकिन आभास में मैं नहीं हूँ।

सरल शब्दों में कहा जाए तो निराकार अविनाशी तत्त्व से जिस आकार व नाशवान तत्त्व का सृजन किया गया है, वह सिर्फ माया है, भरम है और भरम में

सत्य का वास नहीं हो सकता। भरम सिर्फ परमात्मा की लीला है, खेल है...।

5

श्लोक अनुवाद : वे सब भूत मुझमें स्थित नहीं हैं; (किंतु) मेरी ईश्वरीय योगशक्ति को देख (कि) भूतों का धारण-पोषण करनेवाला और भूतों को उत्पन्न करनेवाला भी मेरा आत्मा (वास्तव में) भूतों में स्थित नहीं है।।५।।

गीतार्थ : चौथे श्लोक में भगवान श्रीकृष्ण ने बताया कि संपूर्ण चराचर सृष्टि उनमें स्थित है परंतु वे उसमें नहीं हैं। इसी विषय को आगे बढ़ाते हुए अब वे कहते हैं कि वे भूत भी मुझमें स्थित नहीं हैं। सुनने को तो यह विरोधाभासी लगता है लेकिन मनन करेंगे तो समझ में आएगा कि वही बात अलग दृष्टिकोण से बताई जा रही है। श्रीकृष्ण कह रहे हैं कि सारी वस्तुएँ उन पर टिकी हैं लेकिन वे उनसे पृथक हैं। वे भौतिक जगत से भिन्न हैं तो भी प्रत्येक वस्तु उन्हीं पर आश्रित है। इसे ही ईश्वरीय योग शक्ति कहा गया है।

प्रकृति के द्वारा पंचमहाभूतों का सृजन, पालन तथा संहार होता है और यह प्रकृति, परमब्रह्म (सेल्फ) के आधार पर चल रही है। लेकिन ब्रह्म, प्रकृति की अभिव्यक्ति से सर्वथा अलिप्त रहता है। यह ऐसा ही हुआ जैसे किसी देश के राष्ट्रपति के हाथ में पूरी सत्ता होती है लेकिन सुविधा के लिए बहुत से विभाग बना दिए जाते हैं और उनकी ज़िम्मेदारी स्वतंत्र रूप से मंत्रियों को दे दी जाती है। सारे काम मंत्रियों द्वारा ही किए जाते हैं लेकिन मुख्य नियंत्रक राष्ट्रपति होता है। एक बार मंत्रियों पर काम सौंप देने के बाद राष्ट्रपति उनके कामों में दखलंदाज़ी नहीं करते।

इसे सपने के उदाहरण से और स्पष्ट समझते हैं। सपना हमारे मन से ही निकलता है। वह हमें कितना सच्चा लगता है, एकदम ठोस। जब तक स्वप्न के बारे में कोई शक नहीं होता, तब तक सपना चलता रहता है। सपने में बने हुए सारे भूत (वस्तुएँ, किरदार, घटनाएँ) मन (माया) से ही निकलते

हैं पर मन का स्वामी उन भूतों में नहीं होता। मन के भ्रमित होने पर ही सपना दिखता है। सपना खत्म होता है तो सारे भूत फिर मन में मिल जाते हैं। अब है न आश्चर्य की बात कि सपने का संसार जिस मन से बना, वह मन और सपना देखनेवाला साक्षी भी सपने में नहीं है पर खेल चल रहा है। इसी तरह ब्रह्म भी संसार रूपी सपने का खेल, खेल रहा है। एक लंबा सपना लेकिन वह उससे बाहर है। इसे यू कहा जाएगा- 'नींद एक छोटी मौत है और मौत एक लंबी नींद।'

6

श्लोक अनुवाद : क्योंकि- जैसे (आकाश से उत्पन्न) सर्वत्र विचरनेवाला महान् वायु सदा आकाश में ही स्थित है, वैसे ही (मेरे संकल्प द्वारा उत्पन्न होने से) संपूर्ण भूत मुझमें स्थित हैं, ऐसा जान।।६।।

गीतार्थ : किसी ऐसी वस्तु की कल्पना करना बड़ा कठिन है, जो हर जगह विद्यमान है। जिसमें सभी वस्तुएँ स्थित हैं और फिर भी वह सभी वस्तुओं के गुण-दोषों से अलिप्त है। जैसे पत्थरों की दीवार से बनी जेल में किसी के शरीर को तो बंदी बनाया जा सकता है लेकिन उसके विचार, अपने मित्र, रिश्तेदारों के पास पहुँचने में स्वतंत्र हैं। स्थूल पत्थरों की दीवारें सूक्ष्म विचारों की उड़ान को बंदी नहीं बना सकतीं। वैसे ही यह देह, मन, बुद्धि की दीवारें उस परब्रह्म को अपने में कैद नहीं कर सकतीं। देह, मन, बुद्धि की अपनी सीमाएँ हैं लेकिन उसके भीतर स्थित चैतन्य असीमित है। जड़ तत्व चैतन्य से है, पर चैतन्य में नहीं।

प्रस्तुत श्लोक में आकाश और वायु का उदाहरण देते हुए श्रीकृष्ण कहते हैं कि वायु शक्तिशाली होते हुए भी आकाश के अंतर्गत ही स्थित होती है। वह आकाश से परे नहीं होती। वायु की गति से प्रत्येक वस्तु की गति प्रभावित होती है लेकिन आकाश में कोई गति नहीं आती। आकाश वायु के सभी गुणधर्मों से मुक्त होता है। चंचल वायु और आकाश में जो

संबंध है, वही मुझमें और संपूर्ण भूत में है।

आकाश यानी अवकाश... स्पेस...। वायु आकाश में स्थित होते हुए भी आकाश में अवकाश बना रहता है। वह आकाश को नहीं भर सकती। आकाश को कभी भी भरा नहीं जा सकता है। मान लीजिए, आपकी मेज पर एक बॉक्स रखा है। क्या बॉक्स ने मेज पर की स्पेस को भर दिया? भरना, दिखना भ्रम मात्र है। क्या आकाश ने बॉक्स को पकड़ लिया या अपने में समेट लिया? नहीं.. न तो बॉक्स ने मेज पर की स्पेस को भरा और न ही स्पेस ने बॉक्स को पकड़ा।

आकाश में कुछ भी चीज़ रखी जाए, अवकाश बना ही रहता है। कोई भी चीज़ शून्य को छू नहीं सकती। शून्य में रह ज़रूर सकती है। संसार बने, टिके या मिटे, चैतन्य में कोई फर्क नहीं पड़ता। ऐसे ही आपका शरीर बने या मिटे, चैतन्य में कोई फर्क नहीं पड़ता है। सारे भूत बीजावस्था (संकल्प अवस्था) में परम चैतन्य के भीतर स्थित होते हुए भी वह उनके प्रकट भौतिक स्वरूप से अछूता है।

7

श्लोक अनुवाद : और– हे अर्जुन! कल्पों के अन्त में सब भूत मेरी प्रकृति को प्राप्त होते हैं अर्थात् प्रकृति में लीन होते हैं (और) कल्पों के आदि में उनको मैं फिर रचता हूँ।।७।।

गीतार्थ : दोबारा संपूर्ण सृष्टि की उत्पत्ति और प्रलय का चक्र समझाते हुए श्रीकृष्ण कहते हैं, हे कुन्तीपुत्र अर्जुन, मेरी परा और अपरा प्रकृति के बारे में मैं पहले ही बता चुका हूँ। मेरी अपरा प्रकृति अर्थात स्थूल और सूक्ष्म जगत की अवधि सीमित होती है। यह कल्पों के चक्र के रूप में प्रकट होती है। ब्रह्मा का एक दिन कल्प कहलाता है। पिछले अध्याय में यह बताया जा चुका है कि एक कल्प कितने ही करोड़ों वर्ष लंबा होता है। जिसमें जीव अपना बाहरी आवरण (स्थूल शरीर) कइयों बार बदलता है। ऐसे लंबे कल्प

अध्याय ९ : ८

के अंत में प्रकृति से उत्पन्न होनेवाले समस्त भूत, प्रकृति में ही समा जाते हैं। यह काल ब्रह्मा का रात्रि काल होता है। फिर नए कल्प के आरंभ में पुनः सृष्टि का सृजन होता है।

अब मनुष्य सोच सकता है कि जब कल्प के अंत में सभी को ब्रह्म में ही लीन हो जाना है तो निरंतर कठिन सेवा, साधना, उपासना की क्या ज़रूरत है? लेकिन आपने समझा है कि एक कल्प की अवधि इतनी लंबी है कि आपकी कल्पना में भी नहीं बैठ सकती। जो बात इसी जीवनकाल में हो सकती है, उसके लिए क्या आप इतने लंबे समय तक वस्त्र बदलते हुए वृत्तियों और विकारों में जीना चाहेंगे? अच्छा, फिर कहानी यहीं खत्म नहीं होती। यदि इसी जीवन में राग, द्वेष आदि विकारों से मुक्त नहीं हुए तो कल्प के अंत में तो दुःख भोगोगे ही, नए कल्प के आरंभ में फिर से राग, द्वेष के शिकार बन जाओगे। इस चक्र का कहीं अंत नहीं।

यदि हम इसी बात को पृथ्वी पर के दिन और रात से समझने जाएँ तो मनुष्य दिन में जिस राग, द्वेष में फँसा होता है, रात सोकर उठने के बाद सुबह भी वही वृत्तियाँ कैरी फॉरवर्ड होती हैं। लेकिन यदि वह सोने से पहले क्षमा प्रार्थना, कृतज्ञता, धन्यवाद की भावना में जाए तो सुबह उठकर एक नया दिन शुरू हो सकता है, जो पिछले दिन की प्रवृत्तियों से मुक्त होता है। वरना हर दिन मुक्ति का मौका मिलते हुए भी इंसान उसे खो देता है। इसीलिए कहा गया है कि मुक्ति कहीं दूर, जन्म-जन्मांतर की बात नहीं है बल्कि यह तो 'यहाँ और अभी' है।

8

श्लोक अनुवाद : अपनी प्रकृति को अंगीकार करके स्वभाव के बल से परतंत्र हुए इस संपूर्ण भूतसमुदाय को बार-बार (उनके कर्मों के अनुसार) रचता हूँ।।८।।

गीतार्थ : यहाँ श्रीकृष्ण जीवात्माओं के बार-बार प्रकट होने का रहस्य

अध्याय ९ : ८

बताते हुए कहते हैं कि मैं प्रकृति को अपने वश में करके (अर्थात उसे चेतनता प्रदान कर), स्वभाव के वश परतंत्र हुए संपूर्ण जीव जगत को पुनः पुनः रचता हूँ।

प्रत्येक जीव अपनी प्रकृति में बँधा होता है। एक दुर्जन और एक सज्जन जब गहरी नींद में होते हैं तब दोनों समान होते हैं क्योंकि नींद में मन, बुद्धि के साथ उनका तादात्म्य टूटा हुआ रहता है। परंतु जाग्रत अवस्था में दोनों अपने-अपने स्वभाव को व्यक्त करते हैं। जबकि दोनों में वही एक चैतन्य विराजमान है। दुर्जन एक क्षण भी सज्जन की तरह व्यवहार नहीं कर सकता और न ही सज्जन, दुर्जन की तरह व्यवहार कर सकता है। इसे कहते हैं प्रकृति के वशीभूत होना।

मन का स्वभाव है चंचलता। इस चंचलता के चलते वह बहुत से अनुभव लेकर उन्हें बुद्धि में संग्रहित करके रखता है। ये ही संस्कार बीज की तरह बार-बार उगते हैं। फिर-फिर से उसी विषय को ऊपर उठाते रहते हैं। जैसे आप घर से निकले, रास्ते में आपको फल की दुकान दिखायी दी और आपको आपकी मनपसंद डिश- फ्रूट सलाद की याद आ गई। मुँह में पानी भर गया। विचार आ गया कि कल खाना चाहिए। ज़रा आगे गए तो कपड़ों की दुकान में कोई सुंदर सी ड्रेस लटकी हुई देखी और अपनी सहेली के ड्रेस की याद आ गई। बाजू से पड़ोसी गया तो उसने किए हुए बुरे सलूक की याद आ गई। इस तरह जिसके भीतर पूर्व स्मृतियों के विचार चलते रहते हैं, वह मन के वश में होता है। इंसान अपने स्वभाव, संस्कार, विचारों का गुलाम है। उनके वश में रहकर वह अपने मन के बनाए संसार में गोता लगाता रहता है। भगवान कहते हैं, जीव प्रकृति के वश में होकर बार-बार उन्हीं कर्मों को करता है, उनसे मिलनेवाले छोटे-छोटे सुखों को भोगता है, फिर आगे भी उन्हें भोगने की इच्छा रखता है। इसी वासना के कारण उसे मैं नया शरीर देता हूँ।

भूत समुदाय के सृजन और प्रलय का यह संपूर्ण नाटक, अपरिवर्तनशील अक्षर चैतन्य के रंगमंच पर खेला जाता है।

9

श्लोक अनुवाद : हे अर्जुन! उन कर्मों में आसक्तिरहित और उदासीन के सदृश* स्थित मुझ परमात्मा को वे कर्म नहीं बाँधते॥९॥

गीतार्थ : भगवान श्रीकृष्ण कर्म बंधन न बनने के गुह्य ज्ञान को खोलते हुए कहते हैं कि जितने भी कर्म मेरे द्वारा होते हैं, उनमें मेरी कोई आसक्ति नहीं है इसलिए वे मुझे नहीं बाँधते। सृष्टि का निर्माण भी एक कर्म है। मेरी विभिन्न शक्तियों से इसकी रचना होती है। मैं केवल इसका निरपेक्ष द्रष्टा हूँ। मैं इस जगत में अच्छे-बुरे का भेद नहीं करता। मेरे लिए सब समान है। मैं इन कर्मों से उदासीन हूँ। सृष्टि बने तो बने, मिटे तो मिटे। प्रकृति अपना कार्य कर रही है।

आप कुछ काम करते हैं तो आप गर्व से कहते हैं, 'मैं उस टेकड़ी पर चढ़कर आया... मैंने ये-ये किताबें पढ़ी हैं... मैं परीक्षा में अच्छे अंकों से पास हुआ... मैंने मेहनत करके कंपनी का नफा करवाया...' आदि। लेकिन कभी आप यह नहीं कहते कि मैंने दिनभर में चालीस हज़ार बार साँस ली या बीस हज़ार बार पलकें झपकायीं। साँस लेने या पलक झपकाने का अभिमान कोई नहीं करता। ये दोनों क्रियाएँ मात्र हैं। ऐसे ही इस सृष्टि का होना और मिटना ईश्वर की क्रिया है, कर्म नहीं। यह हैपनिंग का भाग है। ईश्वर इसका साक्षी मात्र है।

यहाँ एक बार फिर सकाम और निष्काम कर्म को समझाते हुए श्रीकृष्ण कहते हैं, अहंकार और स्वार्थ से प्रेरित होकर किए जानेवाले कर्म, बंधन बनाते हैं। निःस्वार्थ भाव से किए गए कर्म, कोई बंधन नहीं बनाते। जैसे एक कृतघ्न पुत्र अपने पिता को लात मारकर कष्ट पहुँचाता है और एक अबोध शिशु खेल में मगन होकर अपने छोटे-छोटे पैर पिता को मारता है।

**जिसके संपूर्ण कार्य कर्तृत्व भाव के बिना अपने आप सत्ता मात्र से ही होते हैं उसका नाम 'उदासीन के सदृश' है।*

हालाँकि दोनों ही पैर मार रहे हैं लेकिन दोनों के इरादों में जमीन-आसमान का फर्क है। अहंकार एवं स्वार्थ से प्रेरित कर्म दुःखद वासनाओं को जन्म देते हैं। प्रकृति को चेतनता प्रदान करने और भूत समुदाय की फिर-फिर से रचना करने में परम चेतना को न कोई राग है, न द्वेष। अतः सृष्टि को चलाने के कर्म उसे नहीं बाँधते।

इस भौतिक जगत में जो कुछ हो रहा है, चाहे हत्या हो या प्राण त्यागना, सूर्यप्रकाश उसे प्रकाशित करता है। सूर्य का संबंध न हत्यारे के अपराध से है और न बलिदानी के त्याग से। शुद्ध चेतना, विभिन्न वासनाओं को व्यक्त होने की शक्ति प्रदान करती है। फिर वे वासनाएँ यातना के लिए हों या गौरव प्राप्ति के लिए, इससे उसे कोई फर्क नहीं पड़ता। इन सारे कर्मों में अनासक्त और उदासीन रहने के कारण ये कर्म परमात्मा को नहीं बाँधते।

10

श्लोक अनुवाद : और- हे अर्जुन! मुझ अधिष्ठाता के सकाश से प्रकृति चराचर सहित सर्वजगत् को रचती है (और) इस हेतु से ही यह संसार-चक्र घूम रहा है।।१०।।

गीतार्थ : बात समझने में कठिन है इसलिए एक ही बात पर बार-बार बल देते हुए श्रीकृष्ण कहते हैं, यह भौतिक प्रकृति मेरी अध्यक्षता में कार्य करती है। जिससे सारे चर तथा अचर प्राणी उत्पन्न होते हैं। मेरे शासन में बार-बार यह जगत पैदा होता है और विनाश को प्राप्त होता है। इस तरह संसार का चक्र घूम रहा है।

हे अर्जुन, मेरी अध्यक्षता में यह जगत चलते हुए भी मैं समस्त कार्यों से पृथक हूँ। संपूर्ण जगत की व्यवस्था प्रकृति के द्वारा की जाती है।

जैसे किसी बड़े बिजनेस एम्पायर का मालिक अपने सीईओ से कहता है कि 'मुझे आधुनिक टेक्नोलॉजी से युक्त ऐसा कॉन्फ्रेन्स हॉल बनवाना है, जहाँ बैठकर देश-विदेश के बिजनेस टायकून के साथ वीडियो कॉन्फ्रेन्स की

जा सके। अब सीईओ आर्किटेक्टस् की टीम लेकर कार्य को पूरा करने में जुट जाता है। कंपनी के सारे कर्मचारी उसे सपोर्ट करते हैं। और एक दिन मालिक की इच्छा पूरी हो जाती है। अब यहाँ कंपनी के मालिक ने कुछ भी नहीं किया। उसने बस अपनी इच्छा बताई और हर ज़रूरी कदम उठाने की इजाज़त दी। यदि सीईओ एक साधारण कर्मचारी होता तो वह यह कार्य नहीं करा पाता। सीईओ होने के नाते वह मालिक और कर्मचारियों के लिए पॉइंट ऑफ कॉन्टेक्ट था। लोग जानते हैं कि सीईओ की तरफ से बताया गया कार्य मालिक की इच्छा है। सो हर एक उसे सहयोग करता है।

बस... यही संबंध परम चेतना, प्रकृति व उसकी शक्तियों में है। परम चेतना का एक संकल्प दुनिया के निर्माण के लिए काफी है। चेतना की चेतनता लेकर प्रकृति उसे अपनी शक्ति से पूर्ण करती है। परम चेतना जगत से पृथक ही रहती है।

● मनन प्रश्न :

१. संसार और सेल्फ के संबंध पर मनन करें?

२. मनन करें- आपके शरीर की कौन सी क्रियाओं में आप कर्ताभाव महसूस नहीं करते और कौन सी क्रियाओं में करते हैं?

भाग ३
दैवी और असुरी प्रकृतिवालों का भेद
।। ११-१५ ।।

अध्याय ९

अवजानन्ति मां मूढा मानुषीं तनुमाश्रितम्। परं भावमजानन्तो मम भूतमहेश्वरम् ।।११ ।।

मोघाशा मोघकर्माणो मोघज्ञाना विचेतसः । राक्षसीमासुरीं चैव प्रकृतिं मोहिनीं श्रिताः ।।१२ ।।

महात्मानस्तु मां पार्थ दैवीं प्रकृतिमाश्रिताः । भजन्त्यनन्यमनसो ज्ञात्वा भूतादिमव्ययम् ।।१३ ।।

सततं कीर्तयन्तो मां यतन्तश्च दृढ़व्रताः । नमस्यन्तश्च मां भक्त्या नित्ययुक्ता उपासते ।।१४ ।।

ज्ञानयज्ञेन चाप्यन्ते यजन्तो मामुपासते। एकत्वेन पृथक्त्वेन बहुधा विश्वतोमुखम्।।१५ ।।

11

श्लोक अनुवाद : ऐसा होने पर भी– मेरे परम भाव को* न जाननेवाले मूढ़ लोग मनुष्य का शरीर धारण करनेवाले मुझ संपूर्ण भूतों के महान् ईश्वर को तुच्छ समझते हैं अर्थात् अपने योग माया से संसार के उद्धार के लिए मनुष्य रूप में विचरते हुए मुझ परमेश्वर को साधारण मनुष्य मानते हैं।।११।।

गीतार्थ : प्रस्तुत श्लोक में श्रीकृष्ण स्वयं का रहस्य खोलते हुए कहते हैं कि मूढ़तावश लोग मुझे मानव मात्र समझते हैं। वे मेरे भीतर की ब्रह्म चेतना को देख नहीं पाते। अज्ञान के चलते लोग तत्त्व को छोड़कर रूप को ही पकड़े रहते हैं। मेरे सच्चे स्वरूप को न जानने के कारण लोग मुझे देह विशेष में स्थित मानते हैं। मूर्ति को भगवान मानना इसी तरह का अज्ञान है। मूर्ति तो उस परमात्मा का प्रतीक मात्र है। परम आत्मा को समझने का साधन मात्र। उसे ही परमात्मा मान लेना यानी साधन को साध्य मानने जैसा है। प्यास लगने पर पानी की बॉटल हाथ में लेने से प्यास नहीं बुझती, पानी पीना पड़ता है। भूख लगने पर भोजन से भरी थाली देखकर पेट नहीं भरता, भोजन करना पड़ता है। उसी तरह सत्य की प्यास सिर्फ मूर्ति पूजा से नहीं मिटती, सत्य का अनुभव करना होता है।

कृष्ण चेतना तो सभी चर-अचर में अपने विस्तार के रूप में स्थित है। लेकिन इंसान उस कृष्ण चेतना से बेखबर स्वयं को व्यक्ति (अलग अस्तित्व) मान बैठा है। 'मैं व्यक्ति और वह ईश्वर' इस द्वैत भाव में जीता है। मंदिर में भगवान की पूजा-अर्चा पर तो खूब ध्यान देता है लेकिन अन्य जीवों का सम्मान नहीं करता। ऐसा करके वास्तव में वह कृष्ण की उपेक्षा ही कर रहा है।

भक्त को समझना चाहिए कि कृष्ण परमात्मा रूप में प्रत्येक जीव के हृदय में विराजमान है। अतः प्रत्येक इंसान परमेश्वर का निवास या मंदिर है। भगवान कृष्ण यही कहना चाहते हैं कि लोगों को ऊपरी या स्थूल दृष्टि से न देखते हुए, उनके भीतर छिपी कृष्ण चेतना को पहचानें।

**बुद्धिहीन पुरुष मेरे अनुत्तम अविनाशी परम भाव को न जानते हुए मन-इंद्रियों से परे मुझ सच्चिदानन्दघन परमात्मा को मनुष्य की भाँति जन्मकर व्यक्ति भाव को प्राप्त हुआ मानते हैं।*

असाधारण समर्पण युक्ति - 29

अध्याय ९ : १२

स्वयं को शरीर मानना और दूसरे को भी शरीर मानने का विपरीत ज्ञान, सच्चे ज्ञान को अंधकार में रखता है। इसीलिए सच्चा ज्ञान दृष्टि के सामने नहीं आ पाता।

12

श्लोक अनुवाद : वे– व्यर्थ आशा, व्यर्थ कर्म (और) व्यर्थ ज्ञानवाले विक्षिप्त चित्त अज्ञानीजन राक्षसी, आसुरी और मोहिनी प्रकृति को* ही धारण किए रहते हैं।।१२।।

गीतार्थ : यहाँ श्रीकृष्ण कहते हैं कि माया से मोहित इंसान की कामना (आशा), कर्म और ज्ञान तीनों ही व्यर्थ होते हैं। ऐसे अज्ञानी लोग राक्षसी, आसुरी और मोहिनी प्रकृति से हिप्नोटाइज़ हुए होते हैं।

व्यर्थ आशा– जो लोग स्वयं को शरीर मानते हुए, सांसारिक भोग-विलास में फँसे हुए हैं, उनकी सारी कामनाएँ व्यर्थ होती हैं। क्योंकि नाशवान और परिवर्तनशील वस्तु की कामना पूरी न हो तो वह इंसान को दुःख देती है और पूरी हो भी जाए तो फिर से एक नई कामना उत्पन्न होकर उसे लोभ और लालच के चक्र में फँसा देती है। यह चक्र निरंतर चलता रहता है और मूल्यवान मनुष्य का जन्म यूँ ही व्यर्थ चला जाता है।

व्यर्थ कर्म– अपनी इच्छाओं की पूर्ति के लिए सकाम भाव से शास्त्र मान्य कितने भी शुभ कर्म किए जाएँ, वे व्यर्थ ही होते हैं। सकाम भाव से किए गए यज्ञ, दान आदि कर्मों से मनुष्य सिद्धियों को प्राप्त कर सकता है, चेतना के ऊँचे स्तरों पर जा सकता है लेकिन उसके गिरने की संभावना भी बराबर बनी रहती है। क्योंकि वहाँ यह सब ईश्वर की इच्छा के लिए नहीं बल्कि अहंकार की तुष्टि के लिए चल रहा होता है।

**आसुर-स्वभाववाले मनुष्य प्रवृत्ति और निवृत्ति– इन दोनों को भी नहीं जानते। इसलिए उनमें न तो बाहर-भीतर की शुद्धि है, न श्रेष्ठ आचरण है और न सत्य भाषण ही है।*

व्यर्थ ज्ञान- अपने सच्चे स्वरूप को न पहचानते हुए, इंसान चाहे सब भाषाएँ सीख ले, सब लीपियाँ सीख ले, तरह-तरह की कलाएँ सीख ले, नानाविध विद्याओं में पारंगत हो जाए, विज्ञान के आविष्कार कर ले, पर इससे उसका मंगल नहीं होगा। उसका अहंकार नहीं गिरेगा बल्कि ज्ञान प्राप्त कर लेने के बाद अहंकार बढ़ते ही जाता है। इसलिए वह ज्ञान व्यर्थ है, जो आपका अहंकार बढ़ाए, आपको सेल्फ से दूर करे। व्यर्थ ज्ञान का रावण से बेहतर उदाहरण क्या होगा! बुद्धिमान, ज्ञानी, वीर योद्धा और अनेक सिद्धियों को प्राप्त होने के बावजूद उसकी क्या गति हुई, यह सभी जानते हैं। सिर्फ एक अहंकार के असुर ने उसका विनाश किया।

जैसे हिसाब-किताब करते हुए एक अंक भी भूल जाएँ तो हिसाब गलत हो जाता है। वैसे ही अपने स्त्रोत (सेल्फ) से जो दूर हो जाता है, वह जो भी ज्ञान संपादन करेगा, गलत ही होगा। केवल पतन की ओर ही ले जाएगा।

इस तरह इन तीनों व्यर्थताओं में फँसा इंसान असुरी, राक्षसी और मोहिनी वृत्ति के वश में जीवन जीता है। जो लोग अपना स्वार्थ सिद्ध करने में ही लगे रहते हैं, दूसरों को कितना दुःख हो रहा है, इसकी कतई परवाह नहीं करते, वे असुरी, राक्षसी वृत्ति के लोग होते हैं। बिना किसी बैर या स्वार्थ के जो दूसरों का नुकसान कर देते हैं, दूसरों को कष्ट देते हैं, जैसे बेवजह कुत्ते को पत्थर मार दिया, गाय को लाठी दे मारी, वे मोहिनी स्वभाववाले होते हैं।

एक उदाहरण से इसे और अच्छी तरह समझते हैं। राष्ट्रीय स्तर का एक क्रिकेट खिलाड़ी है। वह अपने खेल को एक नयी ऊँचाई तक ले जाकर, पुराने सारे रेकॉर्डस् तोड़ना चाहता है। इसके लिए वह एक काबिल प्रशिक्षक से घंटों प्रशिक्षण लेता है। दिन-रात एक कर देता है। यदि इसके पीछे उसकी व्यक्तिगत महत्त्वाकांक्षा छिपी है, वह ईर्ष्या वश औरों से आगे निकलना चाहता है, उसे अपना नाम व पैसा बनाने की धुन है, अपने साथियों को वह नीचा दिखाना चाहता है तो उसकी यह कामना व्यर्थ है।

इस कामना को पूर्ण करने के लिए की गई कड़ी मेहनत का कर्म व्यर्थ कर्म है और इसके लिए उसने जो प्रशिक्षण (ज्ञान) प्राप्त किया वह भी व्यर्थ है। क्योंकि ये सब वह ईश्वरीय अभिव्यक्ति जानकर नहीं कर रहा बल्कि खुद के अहंकार को संतुष्ट करने के लिए कर रहा है। ऐसे में वह अपने मूल स्रोत से दूर-दूर होता जाता है। ऐसे में उससे यही कहा जाएगा- जीतने के लिए न खेलें, खेलने के लिए जीतें।

13

श्लोक अनुवाद : परंतु हे कुन्तीपुत्र! दैवी प्रकृति के* आश्रित महात्माजन मुझको सब भूतों का सनातन कारण (और) नाशरहित अक्षरस्वरूप जानकर अनन्य मन से युक्त (होकर) निरंतर भजते हैं।।१३।।

गीतार्थ : पिछले श्लोक में भगवान श्रीकृष्ण ने आसुरी, राक्षसी और मोहिनी स्वभाव के आश्रित रहनेवाले अज्ञानी लोगों का वर्णन किया था तो इस श्लोक में दैवी प्रकृति के आश्रित महात्माओं की दिव्यता का वर्णन करते हुए वे कहते हैं, 'ये महात्माजन मुझे आदि तथा अविनाशी भगवान के रूप में जानते हैं इसलिए वे पूर्णतः भक्ति में लीन रहते हैं।'

अब समझते हैं कि दैवी प्रकृति क्या होती है। एक इंसान में अच्छी और बुरी दोनों शक्तियाँ कार्यरत होती हैं। यह इंसान की समझ पर निर्भर करता है कि वह किसे ऊपर उठाए। इंसान का तुलना-तोलना करनेवाला मन उसे मान्यता, कल्पना, तुलना, कपट, ईर्ष्या, अनुमान आदि विकारों से भर देता है। ये आसुरी गुण हैं। जबकि इंसान की रचना करनेवाले परमात्मा के गुण दैवीय गुण कहलाते हैं। रचनात्मकता, नूतनता, प्रेम, आनंद, करुणा,

---

*कर्मों में कर्तापन के अभिमान का त्याग, चित्त की चंचलता का अभाव, किसी की भी निन्दादि न करना, सब भूतप्राणियों में हेतुरहित दया, इन्द्रियों का विषयों के साथ संयोग होने पर भी उनमें आसक्ति का न होना, कोमलता, लोक और शास्त्र से विरुद्ध आचरण में लज्जा और व्यर्थ चेष्टाओं का अभाव तथा तेज, क्षमा, धैर्य, बाहर की शुद्धि एवं किसी में भी शत्रुभाव का न होना, अपने में पूज्यता के अभिमान का अभाव।

अध्याय ९ : १४

मौन दैवीय गुण हैं। इन दैवी गुणों की शरण में जाना अर्थात उन्हें अपनाना। महात्माजन (उच्च चेतना के लोग) इन गुणों को अपनाकर सादा, सरल किंतु शक्तिशाली जीवन जीते हैं।

सब भूतों के सनातन और अक्षर कारण को समझाते हुए श्रीकृष्ण कहते हैं, सांसारिक वस्तुओं का यह नियम है कि किसी वस्तु से कोई चीज़ उत्पन्न हो तो मूल वस्तु में कमी आ जाती है। जैसे मिट्टी से घड़े बनाने पर मिट्टी में कमी आ जाती है, सोने से गहने बनाने पर मूल सोने के वजन में कमी आ जाती है। परंतु मेरे से संपूर्ण सृष्टि उत्पन्न होने के बाद भी मुझमें थोड़ी भी कमी नहीं आती। क्योंकि मैं सबका अव्यय बीज हूँ। जिन मनुष्यों ने मुझे अनादि और अव्यय जान लिया है, वे अनन्य मन से मेरा ही भजन करते हैं।

'अनन्य मनवाला' होने का अर्थ है, जिसके मन में किसी अन्य का आश्रय नहीं है। अन्य किसी का आकर्षण नहीं है। केवल भगवान में ही अपनापन है। ऐसे लोगों का मन सांसारिक विषयों में नहीं भटकता। केवल राम धुन में लगा रहता है।

14

श्लोक अनुवाद : और वे– दृढ़ निश्चयवाले भक्तजन निरंतर मेरे नाम और गुणों का कीर्तन करते हुए तथा (मेरी प्राप्ति के लिए) यत्न करते हुए और मुझको (बार–बार) प्रणाम करते हुए सदा मेरे ध्यान में युक्त होकर अनन्य प्रेम से मेरी उपासना करते हैं।।१४।।

गीतार्थ : इस श्लोक में पुनः महात्मा के लक्षणों का वर्णन करते हुए श्रीकृष्ण कहते हैं, महात्मा हमेशा परमात्मा के गुणों का कीर्तन करते हैं, सराहना करते हैं। इंसान जब भगवान के साथ अपना नित्य संबंध पहचान लेता है अर्थात अलग-अलग घटनाओं में सेल्फ उसे किस तरह मदद कर रहा है, यह वह अनुभव से जान लेता है तो फिर वह भगवान से अलग नहीं रह सकता और वह भगवान के संबंध को भूलता भी नहीं है। इसे ही नित्ययुक्त

अध्याय ९ : १४

रहना कहा गया है।

अकसर देखा जाता है कि कीर्तन के नाम पर कर्कश वाद्यों के साथ ऊँचे स्वर में लोग भजन-कीर्तन करते हैं। यह कीर्तन का सही रूप नहीं है। कीर्तन का अर्थ इससे कहीं अधिक पवित्र है। लोग दिनभर अपनी वृत्तियों के साथ दैनिक कार्यों में लगे रहते हैं और रात को एक जगह पर एकत्रित होकर, उच्च स्वर में भजन-कीर्तन करते हैं। बाद में फिर उन्हीं वृत्तियों में लौटकर आगे के कार्य करते हैं। ऐसे भजन-कीर्तन से परमात्मा प्राप्ति नहीं होती। इसकी अपेक्षा महात्मा के हृदय में सभी जीवों के लिए उमड़ता प्रेम, ईश्वर का अधिक श्रेष्ठ और सच्चा कीर्तन है।

अधिकांश लोगों की धारणा होती है कि परमात्मा की प्राप्ति के लिए सप्ताह में किसी एक दिन यंत्रवत पूजा-अर्चा, व्रत-उपवास करना ही पर्याप्त है। फिर उनके उपास्य देवता उन्हें पूजा का फल प्रदान करेंगे। इस तरह की धारणाओं का परमेश्वर प्राप्ति से कोई संबंध नहीं होता।

आत्म उन्नति के मार्ग पर आगे बढ़ने के लिए इंसान को सतत सजग रहकर प्रयत्न करना चाहिए। जीवन की विभिन्न घटनाओं में जब मन प्रतिरोध पैदा करता है, मन में हलचल और द्वंद्व की स्थिति उत्पन्न हो जाती है तब उसे शांत करने के लिए निरंतर प्रयास (ध्यान) और दृढ़ लगन की आवश्यकता होती है। अपने लक्ष्य के प्रति समर्पित होने की जरूरत होती है। तरह-तरह के प्रलोभन आपको अपनी राह से हटाने के लिए बाध्य करेंगे लेकिन आपको अपने मार्ग पर दृढ़ता से चलने का दृढ़ निश्चय करना चाहिए।

आगे श्रीकृष्ण कहते हैं कि ऐसे दृढ़ निश्चयी भक्त निरंतर प्रेम से मेरी उपासना करते हैं। उपासना का अर्थ है अपने उपास्य के साथ (एक) रहना। अर्थात भक्त कीर्तन, नमस्कार के अलावा खाने-पीने, सोने-जागने, नौकरी, व्यापार, खेती आदि क्रियाएँ मुझे पाने के लिए ही करते हैं। उनकी सभी सांसारिक व आध्यात्मिक क्रियाएँ केवल मेरी प्रसन्नता के लिए होती हैं।

15

श्लोक अनुवाद : दूसरे ज्ञानयोगी मुझ (निर्गुण-निराकार ब्रह्म का) ज्ञानयज्ञ द्वारा अभिन्न-भाव से पूजन करते हुए भी (मेरी उपासना करते हैं) और (दूसरे मनुष्य) बहुत प्रकार से स्थित मुझ विराट्स्वरूप परमेश्वर की पृथक्-भाव से उपासना करते हैं।।१५।।

गीतार्थ : ज्ञान मार्ग पर चलनेवाले लोग ज्ञानयज्ञ के द्वारा ब्रह्म की उपासना अद्वैत रूप में, विविध रूपों में तथा विश्व रूप में करते हैं। लोग अपनी श्रद्धा के अनुसार अलग-अलग तरीके से उपासना करते हैं। जैसे भूखे मनुष्यों की भूख एक होती है और भोजन करने के बाद जो तृप्ति मिलती है, वह भी एक सी होती है। लेकिन सभी की रुचि अलग-अलग होती है, उन्हें भिन्न-भिन्न पदार्थ पसंद आते हैं। इसी तरह सत्य शोधकों की प्यास एक ही होती है, परमात्मा प्राप्ति के बाद तृप्ति भी एक सी होती है लेकिन उनकी रुचि, श्रद्धा, योग्यता और विश्वास भिन्न-भिन्न होते हैं। इसलिए उनकी उपासनाएँ भी भिन्न-भिन्न होती हैं।

परमेश्वर तथा अपने को एक मानकर पूजना, अद्वैत उपासना है। इस मार्ग में साधक विवेकपूर्वक दिखावटी सत्य का त्याग करते हुए दृश्य जगत में दिखाई देनेवाले सभी जीव-जन्तुओं, पेड़-पौधों व वस्तुओं में परम चेतना को ही देखता है। वह मानता है कि संपूर्ण जगत चेतना से व्याप्त है। यह चेतना सृष्टि की विविधता तथा अनेक क्रियाओं को धारण किए हुए है। जैसे विभिन्न कंपनियों द्वारा बनाई गई चॉकलेटस् के आकार, रंग, रूप, स्वाद, मूल्य भिन्न-भिन्न होते हुए भी सब चॉकलेट ही हैं और इसलिए उनका वास्तविक धर्म मिठास सभी में मौजूद होता है। इस मिठास को चाहनेवाले सभी बच्चे चॉकलेटस् को खुशी से खाते हैं। इसी प्रकार ज्ञानयज्ञ का साधक सभी नाम व रूपों में, सभी परिस्थितियों व प्रसंगों में एक ही चैतन्य की अभिव्यक्ति का दर्शन करता है।

असंख्य नाम रूपों में ईश्वर को देखने और पहचानने का अर्थ है-

अध्याय ९ : १५

लगातार ज्ञानयज्ञ की भावना में जीना और उसे पीना। सभी रूपों में उसकी पूजा करना, सभी परिस्थितियों में उसका ध्यान रखना, मन की वृत्तियों के साथ उसका अनुभव करना ही, ईश्वर के अखंड स्मरण में जीना है। एक बार आकाश में स्थित सूर्य को पहचान लेने के बाद किसी तालाब में उसके अनेक प्रतिबिंब देखने पर भी एक ही सूर्य होने का हमारा विश्वास डगमगाता नहीं है, वैसे ही विश्व में उपलब्ध अनेक आकार व लेबलस् को देखकर, साधक को उसके पार छिपे निर्गुण निराकार ब्रह्म का ही दर्शन होता है।

कुछ ज्ञानयोगी ब्रह्म की उपासना उसके अलग-अलग स्वरूपों में करते हैं। जैसे रामकृष्णपरमहंस अपने उपास्य को देवी माँ के रूप में पूजते थे तो मीरा कृष्ण के प्रेम में रंगी थी। तुकाराम विट्ठल के गुणगान में रमते थे तो हनुमान के लिए श्रीराम ही सब कुछ थे। इन सभी का अपने-अपने उपास्य पर इतना दृढ़ विश्वास और प्रगाढ़ प्रेम था कि वही उनके भीतर स्वबोध के जागने का कारण बना।

● **मनन प्रश्न :**

१. अपनी इच्छाओं का अवलोकन करें, गीता की समझ के हिसाब से देखें उनमें से कौन सी इच्छाएँ व्यर्थ आशा हैं?

२. अपने दिनभर के कर्मों का भी अवलोकन करें, देखें उनमें से कौन से व्यर्थ थे और कौन से सार्थक?

भाग ४

दृष्टि कृष्ण पहचान
॥ १६-१९ ॥

अध्याय ९

अहं क्रतुरहं यज्ञः स्वधाहमहमौषधम्। मंत्रोऽहमहमेवाज्यमहमग्निरहं हुतम् ।।१६ ।।

पिताहमस्य जगतो माता धाता पितामहः। वेद्यं पवित्रमोङ्कार ऋक्साम यजुरेव च ।।१७ ।।

गतिर्भर्ता प्रभुः साक्षी निवासः शरणं सुहृत् । प्रभवः प्रलयः स्थानं निधानं बीजमव्ययम् ।।१८ ।।

तपाम्यहमहं वर्षं निगृह्णाम्युत्सृजामि च । अमृतं चैव मृत्युश्च सदसच्चाहमर्जुन ।।१९ ।।

16

श्लोक अनुवाद : क्योंकि– क्रतु (संकल्प, बुद्धि) मैं हूँ, यज्ञ मैं हूँ, स्वधा मैं हूँ, ओषधि मैं हूँ, मंत्र मैं हूँ, घृत मैं हूँ, अग्नि मैं हूँ (और) हवनरूप क्रिया (भी) मैं ही हूँ।।१६।।

गीतार्थ : अर्जुन को गीता का ज्ञान देते हुए श्रीकृष्ण जब अपने लिए मैं शब्द का प्रयोग करते हैं तो वह वासुदेव पुत्र श्रीकृष्ण या अपने शरीर के लिए नहीं करते। वे सेल्फ (परमचेतना) के लिए मैं कहते हैं। उस परमचेतना में स्थापित श्रीकृष्ण कहते हैं कि जब कोई भक्त यज्ञ करता है तो अज्ञानी इंसान यज्ञ करनेवाले, यज्ञ की वस्तुएँ, यज्ञ की क्रिया और जिसके निमित्त यज्ञ किया जा रहा है, उस ईश्वर को अलग-अलग करके देखता है।

श्रीकृष्ण इस भ्रम को मिटाते हुए कहते हैं कि 'हे अर्जुन यज्ञ अथवा भक्ति करने का जो संकल्प इंसान के भीतर उठता है (क्रतु) वह भी मैं (सेल्फ) हूँ। यज्ञ करने की क्रिया भी मैं हूँ। आहुति देते हुए बोले जानेवाला शब्द यानी स्वधा भी मैं ही हूँ। यज्ञ करने के लिए प्रयोग की जानेवाली वस्तुएँ जैसे समिधा (लकडियाँ), हवन सामग्री, औषधी (जड़ी-बूटियाँ आदि), घी, मंत्रोच्चारण, यज्ञ की अग्नि आदि सभी मैं हूँ।

यदि सरल शब्दों में कहे तो सेल्फ के अतिरिक्त कुछ है ही नहीं। भक्त, भक्त की भक्ति, भक्ति के साधन, भक्ति के विचार, भक्ति का फल और उस फल को देनेवाला... जो कुछभी है, वह सेल्फ ही है, उसके अतिरिक्त किसी दूसरे का अस्तित्त्व ही नहीं है।

इसी समझ से यदि हम स्वयं का अवलोकन करें तो हमारा शरीर, हमारे विचार, विचारों का स्त्रोत, भावनाएँ, बुद्धि, ज्ञान, योग्यता... सेल्फ ही है। हमारी वाणी, हमारी इंद्रियों की शक्ति, हमारा सामर्थ्य आदि सभी वही एक सेल्फ है। उसके अतिरिक्त दूसरा कुछ है ही नहीं। न हमारे भीतर, न हमारे बाहर।

अध्याय ९ : १७

17

श्लोक अनुवाद : और हे अर्जुन! मैं ही– इस संपूर्ण जगत् का धाता अर्थात् धारण करनेवाला एवं कर्मों के फल को देनेवाला, पिता, माता, पितामह, जानने योग्य[*] पवित्र ॐकार (तथा) ऋग्वेद, सामवेद और यजुर्वेद (भी) मैं ही हूँ।।१७।।

गीतार्थ : पिछले श्लोक की बात को आगे बढ़ाते हुए श्रीकृष्ण कहते हैं– यह संपूर्ण सृष्टि जिस ऊर्जा से चल रही है, वह भी मैं हूँ। इस सृष्टि को ऊर्जा रूप में मैंने ही धारण किया हुआ है। कर्मों का कर्ता भी मैं हूँ और उनका फल देनेवाला भी मैं हूँ। यहाँ हम इसमें एक बात यह भी जोड़ सकते हैं कि उन फलों को भोगनेवाला भी वही एक सेल्फ है।

जब तक इंसान में भेदबुद्धि है वह स्वयं को भी अलग देखता है और दूसरों को भी। उसके लिए उसके परिवार में कोई माता है तो कोई पिता, कोई भाई है तो कोई बहन। जबकि वास्तव में वह स्वयं और वे सभी सेल्फ ही हैं। जैसे किसी वैक्स म्यूजियम में वैक्स यानी मोम से ही अलग-अलग लोगों के पुतले और अन्य चीजें बनाई जाती हैं। उनके सामने अलग-अलग लेबल लगाए जाते हैं। जैसे यह फलाँ सेलीब्रेटी है, यह ताजमहल आदि। लोग उन्हें अलग-अलग समझकर खुश होते हैं। उनके सामने खड़े होकर फोटो खिचवाते हैं और दोस्तों को दिखाते हैं कि 'यह पुतला फलाँ एक्टर का है, यह फलाँ लीडर का है, यह फलाँ प्लेअर का है। जबकि वास्तव में वे सब पुतले हैं तो मोम ही। मोम को किसी आकृति में ढाल देने से दिखने में वह भले ही किसी का प्रतिरूप लगे मगर रहेगा मोम ही, उसके अतिरिक्त कुछ भी नहीं। लेकिन पुतलों में देखनेवालों को मोम दिखना बंद हो जाता है, उन्हें वह लोगों का प्रतिरूप दिखने लगता है।

---

[*] *वह परमात्मा बोधस्वरूप, जानने के योग्य एवं तत्त्वज्ञान से प्राप्त करने योग्य है और सबके हृदय में विशेष रूप से स्थित है*

अध्याय ९ : १८-१९

इसी तरह संसार के सारे मनुष्य, पशु-पक्षी, वस्तुएँ... उसी सेल्फ से बनी हैं। ज्ञान रूपी समस्त वेद भी सेल्फ है। ब्रह्माण्ड का स्वर ओंकार भी सेल्फ है।

18-19

श्लोक अनुवाद : और हे अर्जुन!– प्राप्त होने योग्य परमधाम, भरण-पोषण करनेवाला, सबका स्वामी, शुभाशुभ का देखनेवाला, सबका वासस्थान, शरण लेने योग्य, प्रत्युपकार न चाहकर हित करनेवाला, सबकी उत्पत्ति-प्रलय का हेतु, स्थिति का आधार निधान*(और) अविनाशी कारण (भी) मैं ही हूँ।।१८।।

और– मैं (ही) सूर्यरूप से तपता हूँ, वर्षा का आकर्षण करता हूँ और (उसे) बरसाता हूँ। हे अर्जुन! मैं ही अमृत और मृत्यु (हूँ) और सत्-असत् भी मैं ही (हूँ)।।१९।।

गीतार्थ : श्रीकृष्ण अर्जुन को बताना चाहते हैं कि संसार में जो कुछ भी है या घटित हो रहा है, वह सेल्फ ही है। जीव, वस्तु, विचार, भावनाएँ, ध्वनि आदि वही है। इस सृष्टि को बनानेवाला, पालनेवाला और मिटानेवाला भी वही है। इस सृष्टि की सब व्यवस्थाएँ और पारलौकिक सूक्ष्म संसार की सभी व्यवस्थाएँ सेल्फ से ही निर्मित हैं। उच्चतम चेतना का लोक भी वही है और निम्नतम का भी।

इनके अतिरिक्त यह प्रकृति जिन नियमों के तहत चल रही है, वे सब भी सेल्फ की ही अभिव्यक्ति है। जैसे सृष्टि का बनना (उत्पत्ति) और मिटना (प्रलय), सूर्य का प्रकाश देना, मौसम अनुसार ऋतुएँ बदलना, बारिश होना, सर्दी-गर्मी होना... पहले पतझड़, फिर बसंत का आना। किसी भी जीव या वस्तु का अस्तित्व में आना (जन्म) और उसका मिटना (मृत्यु) ये सब भी सेल्फ से ही हो रहा है। जो कुछ भी माया (असत्) है और जो कुछ

---

*प्रलयकाल में संपूर्ण भूत सूक्ष्म रूप से जिसमें लय होते हैं उसका नाम 'निधान' है।

अध्याय ९ : १८-१९

भी वास्तविक (सत्) है, वह सेल्फ ही है।

सेल्फ की जिस स्थिति को श्रीकृष्ण अर्जुन को शब्दों में समझा रहे हैं, उसी स्थिति को उन्होंने यशोदा माँ को अपने मुख में ब्रह्माण्ड की झलक दिखाकर समझाया था कि सब कुछ सेल्फ में हैं और सेल्फ सबमें है।

वास्तव में श्रीकृष्ण अर्जुन से उस दृष्टि का बखान कर रहे हैं, जो हर उस साधक, योगी या भक्त के पास होती है, जिसने सेल्फ को अनुभव से जान लिया। ऐसे स्वअनुभवी इंसान यह अनुभव कर पाता है कि प्रत्येक प्रकट और अप्रकट, स्थूल और सूक्ष्म, जो कुछ भी है वह सेल्फ ही है। यह अनुभव ही समाधि है।

जब एक इंसान अपने अलग होने का भाव (मैं) छोड़कर, स्वयं के भीतर स्थित परमचेतना (सेल्फ, स्रोत) से एकरूप हो जाए और फिर उसी अवस्था से, उसी दृष्टि से जीवन-निर्वाह कर, अभिव्यक्ति करे तो समझिए कि वह समाधि की अवस्था में है। इसी अवस्था को मोक्ष, आत्मबोध, आत्मसाक्षात्कार, बुद्धत्व, पूर्णमुक्ति आदि कहा गया है।

● मनन प्रश्न :

१. मनन करें, आप अपने आस-पास किन-किन लोगों और वस्तुओं में चेतना का अनुभव कर पाते हैं और किन में नहीं ?

२. जिन लोगों में आप चेतना के दर्शन नहीं कर पाते, मनन करें ऐसा करने से आपको कौन रोक रहा है, आपका अहंकार, वृत्ति, मान्यताएँ, पूर्व पैकेट... कौन सी चीज़ चेतना का दर्शन करने में बाधा बन रही है?

भाग ७

आवागमन ज्ञान, कुछ भक्तों का अज्ञान
|| २०-२४ ||

अध्याय ९

त्रैविद्या मां सोमपा: पूतपापायज्ञैरिष्ट्वा स्वर्गतिं प्रार्थयन्ते। ते पुण्यमासाद्य सुरेन्द्रलोकमश्नन्ति दिव्यान्दिवि देवभोगान् ॥२०॥

ते तं भुक्त्वा स्वर्गलोकं विशालंक्षीणे पुण्य मर्त्यलोकं विशन्ति। एवं त्रयीधर्ममनुप्रपन्ना गतागतं कामकामा लभन्ते ॥२१॥

अनन्याश्चिन्तयन्तो मां ये जना: पर्युपासते । तेषां नित्याभियुक्तानां योगक्षेमं वहाम्यहम् ॥२२॥

येऽप्यन्यदेवता भक्ता यजन्ते श्रद्धयान्विता: । तेऽपि मामेव कौन्तेय यजन्त्यविधिपूर्वकम् ॥२३॥

अहं हि सर्वयज्ञानां भोक्ता च प्रभुरेव च न तु मामभिजानन्ति तत्त्वेनातश्च्यवन्ति ते ॥२४॥

20-21

श्लोक अनुवाद : परंतु जो-तीनों वेदों में विधान किए हुए सकाम कर्मों को करनेवाले, सोमरस को पीनेवाले, पापरहित पुरुष[*] मुझको यज्ञों के द्वारा पूजकर स्वर्ग की प्राप्ति चाहते हैं; वे पुरुष अपने पुण्यों के फलरूप स्वर्गलोक को प्राप्त होकर स्वर्ग में दिव्य देवताओं के भोगों को भोगते हैं।।२०।।

और- वे उस विशाल स्वर्गलोक को भोगकर पुण्य क्षीण होने पर मृत्यु लोक को प्राप्त होते हैं। इस प्रकार (स्वर्ग के साधनरूप) तीनों वेदों में कहे हुए सकाम कर्म का आश्रय लेनेवाले (और) भोगों की कामनावाले पुरुष बार-बार आवागमन को प्राप्त होते हैं, अर्थात् पुण्य के प्रभाव से स्वर्ग में जाते हैं और पुण्य क्षीण होने पर मृत्युलोक में आते हैं।।२१।।

गीतार्थ : संसार में अनेक प्रकार के ग्रंथ, शास्त्र आदि भरे पड़े हैं, जिनमें हमारे पूर्वजों द्वारा अलग-अलग प्रकार के लोगों को ध्यान में रखते हुए अलग-अलग नियमों और विधान की रचना की गई है। शक्ति और सिद्धियाँ चाहनेवालों के लिए अलग और मोक्ष या स्वअनुभव चाहनेवालों के लिए अलग।

इसी तरह सांसारिक लोगों के लिए अनेक ग्रंथ-शास्त्र बने हैं, जिनमें उन्हें बताया गया है कि संसार में रहते हुए वैभव, सुख, सुविधाएँ, संसाधन, सफलता, संतान आदि सांसारिक सुख कैसे अर्जित किया जाए। संसार में ऐसे ही सांसारिक सुखों को चाहनेवाले लोगों की अधिकता है। वे समय-समय पर ईश्वर के नाम पर विभिन्न देवी-देवताओं के लिए प्रचलित पूजा-पाठ, दान, हवन, भंडारा, स्नान आदि करते-कराते रहते हैं। कहने को वे ये सब काम ईश्वर के निमित्त करते हैं मगर उसकी प्राप्ति के लिए नहीं बल्कि उन्हें अपनी स्वार्थपूर्ति हेतु तैयार करने के लिए ताकि ईश्वर उनकी कामनाएँ पूरी करता रहे। मानो, वे ईश्वर को कहना चाहते हैं, 'मुझे तुम नहीं, तुम्हारी कृपा चाहिए ताकि मेरे काम बनते रहें।'

ईश्वर इंसान से इतना प्रेम करता है कि वह उसे हर हाल में तथास्तु (ऐसा ही होगा) कहता है। इसलिए ऐसे सकाम भक्तों के उनके उचित कर्मों और पूजा-पाठ

यहाँ स्वर्ग प्राप्ति के प्रतिबंधक देव ऋणरूप पाप से पवित्र होना समझना चाहिए।

के कारण काम तो बनते हैं मगर उन्हें ईश्वर (स्वअनुभव) प्राप्ति नहीं होती। इसलिए श्रीकृष्ण कहते हैं, 'सकाम और अच्छे कर्म करनेवाले लोग उनके शुभ फलों को भोगते हैं।' जब सकाम कर्म और फल का बैलेंस न्यूट्रल हो जाता है तो उनके पुण्य क्षीण हो जाते हैं।

यह ऐसा ही है जैसे आप अपने बैंक अकाउंट में हर महीने कुछ पैसे जमा कर रहे हैं और समय-समय पर उन्हें निकालकर प्रयोग कर रहे हैं। इस तरह बचत तो जीरो ही रहेगी। बचत जीरो होना यानी ईश्वर स्तुति का पुण्य फल क्षीण होना। इसलिए श्रीकृष्ण अर्जुन को कहते हैं कि 'सकाम कर्म करनेवाले और उनके बदले भोगों की कामनावाले पुरुष बार-बार आवागमन को प्राप्त होते हैं, अर्थात पुण्य के प्रभाव से स्वर्ग में जाते हैं और पुण्य क्षीण होने पर मृत्युलोक में आते हैं।'

यहाँ स्वर्ग, मृत्युलोक और दोनों के मध्य आवागमन का अर्थ समझने की भी ज़रूरत है। स्वर्ग को भोगों का लोक कहा जाता है। ऐसा लोक जहाँ बिना कोई कर्म किए सारे मनचाहे सुख और सुविधाएँ प्राप्त होते हैं। ज़रूरी नहीं कि स्वर्ग मरने के बाद ही मिले। इस संसार में भी जो लोग सभी सुख-सुविधाओं का भोग कर रहे हैं, समझिए वे स्वर्ग में ही हैं। इसी तरह मृत्युलोक यानी पृथ्वी को कर्म करने का लोक कहा जाता है यानी जहाँ कर्म किए जाते हैं। उन कर्मों के आधार पर इंसान को स्वर्ग (सुखों) या नर्क (दुःखों) की प्राप्ति होती है।

इस संसार में इंसान सकाम कर्म करता है और उनके फल से वह या तो दुःखी होता है अथवा सुखी। फिर वह अगला कर्म करता है, फिर उसका फल उसे दुःखी या सुखी बनाता है। इस तरह उसका स्वर्ग, नर्क और मृत्युलोक यहीं है, इसी धरती पर। उसी के साथ जब वह सुखी है तो स्वर्ग में है और जब दुःखी है तो नर्क में है।

इन सुख-दुःख और कर्म की अवस्था के बीच आना-जाना ही आवागमन है। इंसान के कर्मों के परिणामों से ही उसका भविष्य निर्मित होता

है। उसके वर्तमान के कर्म ही निर्णय लेते हैं कि उसे स्वर्ग मिलेगा या नर्क।

सकाम कर्मों के साथ स्वर्ग-नर्क मिलते रहते हैं लेकिन निष्काम कर्म करने से इंसान स्वर्ग-नर्क से ऊपर उठकर, स्थायी आनंद और मुक्ति की अवस्था में रहता है।

22

श्लोक अनुवाद : जो अनन्य प्रेमी भक्तजन मुझ परमेश्वर को निरन्तर चिन्तन करते हुए निष्काम भाव से भजते हैं, उन नित्य-निरन्तर मेरा चिन्तन करनेवाले भक्तों का योगक्षेम* (अप्राप्त की प्राप्ति और प्राप्त की रक्षा) मैं स्वयं करता हूँ।।२२।।

गीतार्थ : सकाम भक्त अपना बोझ अपने कंधों पर लेकर चलते हैं, उसे ईश्वर को अर्पित नहीं करते। भले ही वे दिन-रात भजन गाएँ, 'तेरे फूलों से भी प्यार, तेरे काँटों से भी प्यार, हमको जैसा रखना चाहे, हमको तो है सब स्वीकार...।' मगर ऐसे भाव उनके हृदय से नहीं निकलते। उन्हें क्या चाहिए, उनके लिए क्या अच्छा है, यह वे खुद ही निश्चित करते हैं, ईश्वर को करने नहीं देते। फिर उसको पाने की चाह में चिंता, तनाव और अनावश्यक कर्मों के जाल में उलझते हैं। वे ईश्वर की भक्ति करते हैं, मात्र इसलिए ताकि उन्हें अपना मनचाहा फल प्राप्त हो सके। भले ही ईश्वर की दृष्टि में वह उनके लिए सही न हो।

इसके विपरीत निष्काम भक्त अपनी समस्त चिंताएँ, बोझ, इच्छाएँ ईश्वर को समर्पित कर देते हैं। जब वे ऐसा कोई भजन गाते हैं, 'तुम्हें जो लगे अच्छा, वही मेरी इच्छा...' तो पूरे भाव से गाते हैं। उन्हें पूरा विश्वास रहता है कि जो उनके लिए उचित है, ईश्वर उन्हें देगा। उन्हें जो मिलता है उसे वे ईश्वर की इच्छा और प्रसाद मानकर स्वीकार करते हैं। इस कारण वे

**भगवत्स्वरूप की प्राप्ति का नाम 'योग' है और भगवत्प्राप्ति के निमित्त किए हुए साधन की रक्षा का नाम 'क्षेम' है।*

हर हाल में प्रसन्नचित हो अपना कर्म करते हैं और फल में नहीं उलझते। वे ईश्वर की भक्ति उससे कुछ माँगने के लिए नहीं बल्कि उसके प्रेम में करते हैं। ऐसे भक्त ईश्वर को सबसे ज़्यादा प्रिय होते हैं और वह उनका स्वतः ही खयाल रखता है।

इसी बात को सत्यापित करते हुए श्रीकृष्ण कहते हैं, 'जो भक्त बिना किसी अपेक्षा के मुझे निरंतर भजता है, उन भक्तों का योगक्षेम (अप्राप्त की प्राप्ति और प्राप्त की रक्षा) मैं स्वयं करता हूँ।' वे भक्त का हर तरह से खयाल रख, उसकी आत्मसाक्षात्कार प्राप्ति में और उसमें स्थिर रहने में सहायक बनते हैं।

23-24

श्लोक अनुवाद : हे अर्जुन! यद्यपि श्रद्धा से युक्त जो सकाम भक्त दूसरे देवताओं को पूजते हैं, वे भी मुझको ही पूजते हैं, (किंतु उनका वह पूजन) अविधिपूर्वक अर्थात् अज्ञानपूर्वक है।।२३।।

क्योंकि संपूर्ण यज्ञों का भोक्ता और स्वामी भी मैं ही हूँ; परंतु वे मुझ परमेश्वर को तत्त्व से नहीं जानते, इसीसे गिरते हैं अर्थात् पुनर्जन्म को प्राप्त होते हैं।।२४।।

गीतार्थ : इंसान के जीवन का परम लक्ष्य है– ईश्वर (आत्मसाक्षात्कार) की प्राप्ति और उसका सीधा-सादा और अत्यंत स्वाभाविक मार्ग है भक्ति। भक्ति निष्काम ही हो सकती है। सकाम भक्ति को भक्ति कहा ही नहीं जा सकता। वह तो व्यापार होता है।

जो भक्त आरंभ में ईश्वर को तत्व से नहीं जानते, वे किसी देव-देवी को ईश्वर मानकर भक्ति की शुरुआत करते हैं। ऐसी भक्ति भी कल्याणकारी है और आत्मसाक्षात्कार तक ले जा सकती है, बशर्ते वह निष्काम हो। जैसे मीरा ने श्रीकृष्ण की, शबरी ने श्रीराम की निष्काम भक्ति कर स्वबोध को प्राप्त किया। क्योंकि उनकी भक्ति उसी एक मात्र सेल्फ तक पहुँचती है।

अध्याय ९ : २३-२४

इसलिए श्रीकृष्ण कहते हैं- जो सकाम भक्त दूसरे देवताओं को पूजते हैं, वे भी मुझको ही पूजते हैं मगर मुझे तत्त्व से नहीं जानते। पर निष्काम भक्ति के कारण ऐसे भक्तों को अंत में सेल्फ के मूल तत्व का बोध हो ही जाता है।

लेकिन यदि भक्ति सकाम है यानी किसी उद्देश्य या कामना पूर्ति के लिए की जा रही है तो वह पूरा फल नहीं देगी। वह भक्त का अज्ञान नहीं हरेगी, उसे मुक्त नहीं करेगी। वह इंसान अंत में भी किसी न किसी इच्छा का दास होकर ही मरेगा और वापस कर्मबंधनों में जकड़ा ही पैदा होगा। इसलिए सकाम भक्तों के लिए श्रीकृष्ण कहते हैं- वे मुझ परमेश्वर को तत्त्व से नहीं जानते, इसी से गिरते हैं अर्थात् पुनर्जन्म को प्राप्त होते हैं।

भक्ति इंसान को दिया गया बहुत बढ़िया उपहार है। इससे उसे सर्वोच्च की प्राप्ति हो सकती है मगर यह भक्त का दुर्भाग्य ही कहा जाएगा कि वह ज्ञान के अभाव में भक्ति का प्रयोग छोटे-मोटे लाभों के लिए करना चाहता है, ईश्वर प्राप्ति के लिए नहीं।

● **मनन प्रश्न :**

१. मनन करें, पूर्व में आपने जो भी धार्मिक क्रिया-कलाप, पूजा-पाठ, अनुष्ठान आदि किए, उनके पीछे आपका क्या उद्देश्य था, क्या वे किसी आशा को लेकर किए गए थे या मात्र ईश्वर प्रेम के कारण किए गए थे?

२. भविष्य में आप जो भी धार्मिक अनुष्ठान करेंगे, उनके पीछे आपकी क्या मूल समझ रहेगी? मनन करें, मूल समझ मिलने के बाद क्या आपको उन अनुष्ठानों का कोई सार्थक उद्देश्य समझ आता है?

भाग ६

प्रिय भक्त बनकर असाधारण समर्पण
|| २५-२९ ||

अध्याय ९

यान्ति देवव्रता देवान्पितृन्यान्ति पितृव्रताः । भूतानि यान्ति भूतेज्या यान्ति मद्याजिनोऽपि माम्।।२५।।

पत्रं पुष्पं फलं तोयं यो मे भक्त्या प्रयच्छति । तदहं भक्त्युपहृतमश्नामि प्रयतात्मनः।।२६ ।।

यत्करोषि यदश्नासि यज्जुहोषि ददासि यत् । यत्तपस्यसि कौन्तेय तत्कुरुष्व मदर्पणम्।।२७।।

शुभाशुभफलैरेवं मोक्ष्य से कर्मबंधनैः। सन्न्यासयोगमुक्तात्मा विमुक्तो मामुपैष्यसि।।२८।।

समोऽहं सर्वभूतेषु न मे द्वेष्योऽस्ति न प्रियः । ये भजन्ति तु मां भक्त्या मयि ते तेषु चाप्यहम्।।२९ ।।

25

श्लोक अनुवाद : कारण यह नियम है कि– देवताओं को पूजनेवाले देवताओं को प्राप्त होते हैं, पितरों को पूजनेवाले पितरों को प्राप्त होते हैं, भूतों को पूजनेवाले भूतों को प्राप्त होते हैं (और) मेरा पूजन करनेवाले भक्त मुझको ही प्राप्त होते हैं। (इसीलिए मेरे भक्तों का पुनर्जन्म नहीं होता*)।।२५।।

गीतार्थ : यहाँ श्रीकृष्ण प्रकृति के उस नियम का बखान कर रहे हैं जो कहता है– जिस पर फोकस रखोगे वैसे ही बन जाओगे। जिन गुणों या अवगुणों का चिंतन करोगे, उन्हीं को प्राप्त करोगे।

यहाँ पर श्रीकृष्ण ने देवताओं, पितरों, भूतों और सेल्फ... इन विभिन्न प्रकार की चेतनाओं की बात की है। जब तक इंसान पृथ्वी जीवन जीता है, वह जैसा चिंतन करता है, वैसी ही उसकी चेतना का स्तर होता है। उसी चेतना के साथ वह मृत्योपरांत पार्ट-टू (सूक्ष्म जगत) में जाता है। आपने गीता अध्याय-२ में भी पढ़ा कि सूक्ष्म जगत चेतना के स्तरों के अनुसार अलग-अलग तलों में बँटा हुआ है। पृथ्वी से गया जीव अपनी चेतना के अनुसार ही वहाँ पर चेतना के तल पर जाता है।

श्लोक में कहा गया है कि देवता को पूजनेवाले देवताओं को प्राप्त होते हैं, मुझे(सेल्फ) नहीं। देवताओं को सुख भोगनेवाले और सुख देनेवाले माना गया है। इसका अर्थ है कि जो लोग देवताओं की सकाम भक्ति करते हैं यानी अच्छे कर्म करते हैं वे देवलोक को प्राप्त होते हैं यानी वे पुण्यकर्मों के फलस्वरूप इस संसार में भी सुख भोगते हैं और परलोक में भी।

पितर कहा गया है उन सूक्ष्म शरीरों को जो पृथ्वी पर आपके नाते-रिश्तेदार रहे होते हैं। यदि आपका मन उन्हीं में रमा होगा, आप उन्हीं की पूजा करेंगे तो आप सूक्ष्म जगत में भी उन्हीं के पास जाएँगे और उसी चेतना में रहेंगे।

---

*क्योंकि– हे अर्जुन! ब्रह्मलोकपर्यंत सब लोक पुनरावर्ती हैं, परन्तु हे कुन्तीपुत्र! मुझको प्राप्त होकर पुनर्जन्म नहीं होता; क्योंकि मैं कालातीत हूँ और ये सब ब्रह्मादि के लोक काल द्वारा सीमित होने से अनित्य हैं।

असाधारण समर्पण युक्ति – 53

अध्याय ९ : २६

भूतयोनी निम्न चेतना का प्रतीक है। जो लोग तामसिक प्रवृत्ति के होते हैं, गलत उद्देश्य हेतु शक्तियाँ और सिद्धियाँ चाहते हैं, वे भूतों की पूजा करते हैं। उनकी चेतना वैसी ही निम्न होती है। वे जीते जी भी निम्न चेतना के यानी भूत समान होते हैं और मरकर भी चेतना के निम्न स्तर पर जाते हैं, जिसे भूतलोक कहा जा सकता है। कहते हैं भूतों की मुक्ति नहीं होती। कारण- वे जीव सदैव अज्ञान और विकारों के अंधकार से ही घिरे रहते हैं। अतः कभी सेल्फ का अनुभव नहीं कर पाते।

सर्वोच्च चेतना का स्तर सेल्फ का लोक होता है, जिसे ऋषि-मुनियों ने ब्रह्मलोक, परमधाम, वैकुण्ठ आदि नाम दिए हैं। निष्काम और शुद्ध भाववाला भक्त जो सेल्फ को तत्त्व से जानकर उसकी भक्ति करता है, वह सेल्फ (स्वअनुभव) को प्राप्त करता है। वह जीते जी भी प्रेम, मौन, आनंद के साम्राज्य में रहता है और शरीर त्यागने के बाद भी चेतना के उच्चतम स्तर पर जाता है। श्रीकृष्ण जब कहते हैं- मेरे भक्तों का पुनर्जन्म नहीं होता तो इसका अर्थ है कि अपनी पहचान पाकर वे पुनः अहंकार के जन्म-मरण के चक्कर में नहीं उलझते। उनकी चेतना सेल्फ के साथ एकाकार हो जाती है।

26

श्लोक अनुवाद : तथा हे अर्जुन! मेरे पूजन में सुगमता भी है कि जो (कोई भक्त) मेरे लिए प्रेम से पत्र, पुष्प, फल, जल आदि अर्पण करता है, (उस) शुद्ध बुद्धि निष्काम प्रेमी भक्त का प्रेमपूर्वक अर्पण किया हुआ वह (पत्र-पुष्पादि) मैं (सगुणरूप से प्रकट होकर प्रीतिसहित) खाता हूँ।।२६।।

गीतार्थ : भक्ति के आरंभ में जब भक्त देखता है कि कुछ भक्त, भक्ति में बड़े-बड़े काम कर रहे हैं, बड़ी-बड़ी चीज़ें दान कर रहे हैं, बड़े आयोजन, यज्ञ, तप-दान आदि कर रहे हैं तो उसका हौसला टूट जाता है। वह सोचता है भगवान तो इन जैसों से ही प्रसन्न होगा, वह मेरी तुच्छ भेंट क्यों स्वीकार करेगा? ऐसी हीन भावना उसे ईश्वर के नाम पर थोड़ा-बहुत भी समर्पित करने से रोकती है।

अध्याय ९ : २६

लेकिन ईश्वर वस्तुओं का नहीं बल्कि भाव का भूखा होता है। उसे जो प्रेम से समर्पित किया जाए, वह उसे स्वीकार करता है क्योंकि वह वस्तु नहीं बल्कि भक्त का हृदय देखता है। अतः ऐसे भक्तों को सही समझ देते हुए प्रस्तुत श्लोक में श्रीकृष्ण कह रहे हैं, 'भक्त को भक्ति में यह सोचने की ज़रूरत नहीं कि उसका चढ़ावा भगवान स्वीकार करेंगे या नहीं। वह बस अपना हृदय और भाव शुद्ध रखे। भक्त पुष्प, फल, जल आदि जो भी प्रेमपूर्वक भगवान को अर्पण करता है, वह ईश्वर स्वीकार करता है।'

इसी सत्य को उजागर करते हुए बहुत सी पौराणिक कथाएँ भी बनी हैं। जैसे, द्रौपदी से एक दाना चावल लेकर भगवान श्रीकृष्ण ने खा लिया और हज़ारों साधुओं को तृप्त कर दिया। गजेंद्र ने सरोवर का एक पुष्प श्रीकृष्ण को अर्पण करके नमस्कार किया तो उन्होंने गजेंद्र का उद्धार कर दिया। भक्त, भगवान को जो भी चीज़ें अर्पण करता है, उसके पीछे भक्त का जो देने का भाव होता है, वह भगवान को बहुत भाता है।

जब भक्त का भगवान को देने का भाव बहुत अधिक बढ़ जाता है तब वह अपने आपको भूल जाता है। भगवान भी भक्त के प्रेम में इतने मस्त हो जाते हैं कि वे अपने आपको भूल जाते हैं। आइए, इसे आगे दिए गए दो उदाहरणों से समझते हैं।

एक बार भगवान श्रीकृष्ण दासी पुत्र विदुर की झोंपड़ी में पहुँच गए। विदुर और उसकी पत्नी विदुरानी श्रीकृष्ण के बड़े भक्त थे। उस समय विदुरजी घर पर नहीं थे। उनकी पत्नी विदुरानी अकेली घर पर थी। अचानक श्रीकृष्ण को देखकर वह इतनी खुश हुई कि उसे अपनी सुध-बुध ही नहीं रही। वह सोचने लगी कि 'भगवान को क्या खिलाऊँ?' तभी उसे केले दिखाई दिए। विदुरानी ने भगवान श्रीकृष्ण को बिठाया और केले का छिलका उतारकर केला एक तरफ फेंक दिया और छिलका भगवान को खाने के लिए दे दिया। श्रीकृष्ण को निहारते हुए वह इतनी भाव विभोर हो गई थी कि उसे पता ही नहीं चला वह भगवान को केले का छिलका खाने के लिए दे रही है। भगवान भी भक्त के प्रेम में इतने भाव विभोर हो गए कि

असाधारण समर्पण युक्ति - 55

अध्याय ९ : २७

वे चुपचाप छिलके खाते जा रहे थे।

तभी अचानक विदुरजी वहाँ आ पहुँचे। उन्होंने यह प्रसंग देखा और तुरंत पत्नी से कहा, 'अरे! ये क्या कर रही हो? भगवान को छिलके खिला रही हो।' विदुरानी को जब हकीकत पता चली तो वह शर्म से पानी-पानी हो गई। फिर वह भगवान श्रीकृष्ण को केला खिलाने लगी।

रामायण के एक प्रसंग में बड़ा ही सुंदर वर्णन है कि शबरी श्रीराम को केवल मीठे बेर खिलाना चाहती है इसलिए पहले वह खुद एक-एक बेर चखती और मीठे बेर श्रीराम को देती। यहाँ पर पता चलता है कि शबरी को श्रीराम से कितना प्रेम है। वह उन्हें अपने पास उपलब्ध सर्वश्रेष्ठ सेवा देना चाहती है। उसे यह बरदाश्त ही नहीं है कि प्रभु को फीके एवं खट्टे बेर खाने पड़े।

शबरी की तरह हमें भी अपने जीवन से सभी अवगुणों, बुरी आदतों को फीके या खट्टे बेर की तरह निकाल फेंकना चाहिए और शरीर रूपी मंदिर में मीठे बेर की भाँति सिर्फ अच्छें गुणों को ही रखना चाहिए। फिर प्रेम, भक्ति और सद्गुणों से युक्त जीवन को ईश्वर की सेवा में अर्पित करना चाहिए।

27

श्लोक अनुवाद : इसलिए हे अर्जुन! (तू) जो कर्म करता है, जो खाता है, जो हवन करता है, जो दान देता है (और) जो तप करता है, वह सब मेरे अर्पण कर।।२७।।

गीतार्थ : भक्त का जो सबसे महत्वपूर्ण गुण होता है, वह है- समर्पण। समर्पण का अर्थ है, किसी चीज़ या स्वयं पर अपनी पकड़ छोड़कर किसी दूसरे को सौंप देना। एक तरह से स्वयं को हारकर दूसरे को जिता देना। किसी को अर्पित हो जाना। ईश्वर भक्ति में जब एक भक्त समर्पण करता है तो वह अपने अहंकार को समर्पित कर, सब कुछ ईश्वर पर छोड़ देता है। पहले

अध्याय ९ : २८

वह कहता था, 'मुझे करना है, मुझे निर्णय लेना है, मेरी ज़िम्मेदारी है' मगर पूर्ण समर्पण के बाद वह कहता है, 'तू ही करनेवाला है… तेरी ही ज़िम्मेदारी है… तुझे ही निर्णय लेना है… तुम्हें जो लगे अच्छा, वही मेरी इच्छा…।' ऐसे समर्पित भाव से वह अपने सभी संकल्प, सभी कर्म, सभी प्रयास ईश्वर को समर्पित कर, मात्र उसका यंत्र बनकर जीने लगता है।

लेकिन अपने अहंकार (कर्ताभाव) का समर्पण इतना आसान नहीं। यहाँ तक पहुँचने के लिए भक्त की धीरे-धीरे पात्रता तैयार होती है। उससे कहा जाता है, 'पहले ईश्वर के निमित्त ऐसी चीज़ों का समर्पण करो, जिन्हें तुम आसानी से छोड़ पाओ, जैसे पुष्प, फल, जल आदि।' फिर गुरु उसे समझाते हैं कि 'ईश्वर पर अपने विकार, बुरी आदतें समर्पित करो।' भक्ति में भक्त यह भी करने लग जाता है। फिर वह अपनी चिंताएँ, अपने कार्य ईश्वर पर छोड़ने लगता है, यह अवस्था उसे निष्काम कर्म की ओर ले जाती है और अंत में वह अपना मैं, अपना कर्ताभाव भी समर्पित कर देता है। यह भक्ति की उच्चतम अवस्था होती है। इसलिए श्लोक में श्रीकृष्ण अर्जुन से कहते हैं, 'हे अर्जुन! तू जो कर्म करता है, जो खाता है, जो हवन करता है, जो दान देता है और जो तप करता है, वह सब मुझे अर्पण कर, उसी से तू संपूर्ण समर्पण को प्राप्त होगा।'

28

श्लोक अनुवाद : इस प्रकार, जिसमें समस्त कर्म मुझ भगवान के अर्पण होते हैं ऐसे संन्यासयोग से युक्त चित्तवाला (तू) शुभाशुभ फलरूप कर्मबंधन से मुक्त हो जाएगा (और उनसे) मुक्त होकर मुझको प्राप्त होगा।।२८।।

गीतार्थ : साधक की यात्रा जब कर्मयोग और ज्ञानयोग (सांख्ययोग) से होती है तो सहज ही कर्ताभाव का लोप होकर साक्षी भाव का उदय होता है। जब यात्रा कर्मयोग और भक्तियोग से होती है तब क्रियाएँ समर्पित होती हैं और क्रियाओं के समर्पित होते ही साधक कमल के जैसा हो जाता है। जैसे कमल पानी में रहते हुए भी पानी उसे स्पर्श नहीं करता, वैसे ही

क्रियाओं को ईश्वर के प्रति समर्पित करते हुए साधक कर्मबंधन से मुक्त रहता है।

हर क्रिया ईश्वर को समर्पित करें तो कर्म बंधन नहीं बनेंगे। आप पहले से ही मुक्त हैं। मुक्ति की इस अवस्था को एक कहानी द्वारा समझा जा सकता है। एक बनजारा था, वह अपने ऊँट के साथ रेगिस्तान में यात्रा कर रहा था। जब भी बनजारा थक जाता था तब वह ऊँट को एक खंभे से बाँध देता था ताकि वह कहीं भाग न जाए। ऐसा हर रोज़ चलता था। धीरे-धीरे ऊँट को बंधन की आदत पड़ गई। अब बनजारा सिर्फ रस्सी बाँधने का अभिनय करता और ऊँट चुपचाप बैठ जाता। ऊँट को भ्रम हो जाता कि वह रस्सी से बँध गया है, अब भाग नहीं सकता, मुक्त नहीं हो सकता। अत: वह पूरी रात वैसे ही पड़ा रहता। सुबह होते ही बनजारा सिर्फ रस्सी खोलने का अभिनय करता तो ऊँट खड़ा होकर चलने लगता।

आप समझ सकते हैं कि ऊँट तो मुक्त ही था लेकिन उसे भ्रम हो गया था कि वह बंधन में बँध गया है। वह चाहे तो मुक्त हो सकता था लेकिन उसके भ्रम ने उसे जकड़ लिया था। हमें भी ऊँट की तरह भ्रम हो गया है कि 'हम शरीर हैं।' जबकि वास्तविकता इसके विपरीत है। आप जो सचमुच में हैं, वह बंधन में बँधा हुआ नहीं है, आप तो शुरू से ही मुक्त हैं, आज़ाद हैं।

29

श्लोक अनुवाद : यद्यपि मैं सब भूतों में समभाव से व्यापक हूँ, न (कोई) मेरा अप्रिय है (और) न प्रिय है; परंतु जो भक्त मुझको प्रेम से भजते हैं, वे मुझमें हैं और मैं भी उनमें (प्रत्यक्ष प्रकट हूँ।)*॥२९॥

---

*जैसे सूक्ष्म रूप से सब जगह व्यापक हुआ भी अग्नि साधनों द्वारा प्रकट करने से ही प्रत्यक्ष होता है, वैसे ही सब जगह स्थित हुआ भी परमेश्वर भक्ति से भजनेवाले के ही अंत:करण में प्रत्यक्ष रूप से प्रकट होता है।

अध्याय ९ : २९

गीतार्थ : कुछ लोग ईश्वर के ध्यान-भजन से बचने के लिए कुतर्क देते हैं कि जब ईश्वर हर जगह है और वह हममें भी है तो फिर उसे पाने का व्यर्थ प्रयास क्यों किया जाए? जब सभी उसकी दृष्टि में समान हैं तो उसका प्रिय भक्त बनने के लिए क्यों व्यर्थ मेहनत की जाए? इसका हमें क्या लाभ होगा? क्योंकि वह तो निष्पक्ष है, वह हमारा पक्षपात तो करेगा नहीं।

श्रीकृष्ण सही समझ देते हुए इस श्लोक में कह रहे हैं, 'हालाँकि मैं सबमें हूँ लेकिन अपने प्रिय प्रेमी भक्तों में तो मैं प्रत्यक्ष प्रकट हूँ।' इस बात की गहराई को एक उदाहरण से समझा जा सकता है। दो किसान थे- हरिया और भीमा। दोनों में पक्की मित्रता थी। दो-तीन साल दोनों की बहुत अच्छी फसल हुई, जिससे उनके पास बहुत सारा अतिरिक्त धन जमा हो गया। आपसी मशवरे से उन्होंने तय किया कि इस अतिरिक्त धन लाभ की जानकारी परिवार को नहीं देंगे क्योंकि यदि उन्हें पता चलेगा तो वे इसे खर्च कर सकते हैं। यह धन हम उस समय के लिए बचाकर रखेंगे, जब बारिश नहीं होती और फसल न होने के कारण हमारे परिवार को अभाव में समय गुज़ारना पड़ता है। यह सोच दोनों ने अपना-अपना धन छिपा दिया।

एक बार दोनों किसी काम से दूसरे गाँव जा रहे थे। नदी पार करते हुए उनकी नाव डूब गई और दोनों की मृत्यु हो गई। हरिया ने उस छिपे धन के बारे में एक परचे पर लिखकर अपनी अलमारी में रखा हुआ था ताकि यदि उसके साथ कोई अनहोनी हो जाए तो परिवार को वह धन मिल सके। जबकि भीमा ने ऐसी कोई व्यवस्था नहीं की थी।

उनकी मृत्यु के बाद उनके बेटों को खेती सँभालने में समय लगा। मगर छिपे धन के कारण हरिया के परिवार ने वह समय आराम से निकाला। जबकि भीमा के परिवार के सामने खाने-पीने तक की समस्या उत्पन्न हो गई। उन्हें बड़े कष्टों से दिन गुज़ारने पड़े। यहाँ तक कि उनके पास खेती करने के लिए भी पैसे नहीं बचे थे।

देखा आपने! धन तो दोनों परिवार के पास ही था। मगर एक उसके

बारे में जानता था इसलिए वह उसका प्रयोग कर पाया। जबकि दूसरा उससे अनजान था इसलिए घर में धन होने के वाबजूद भी उन्हें अभावों और समस्याओं का सामना करना पड़ा। यही बात सेल्फ के साथ भी है। सेल्फ इंसान का सबसे बड़ा धन है। वह इंसान के भीतर ही है। मगर जो उसे पहचानकर उसका अनुभव करता है, उसे अपने भीतर प्रकट होने का, अपने जीवन में काम करने का मौका देता है, उसका जीवन सुख-शांति और आनंद से भर जाता है। बाकी लोग दुःख, तनावों और अभावों में ही जीवन जीकर चले जाते हैं। वह भक्त जो सेल्फ (परमात्मा) को प्रकट होने का मौका दे, वह उसे बड़ा प्रिय होता है।

● **मनन प्रश्न :**

१. अपनी भक्ति के पीछे की भावना का निष्कपट होकर मनन करें, आप भक्ति क्यों करते हैं, उससे क्या प्राप्त करना चाहते हैं?

२. आप अपने भीतर ईश्वर की मौजूदगी को कितने प्रतिशत महसूस करते हैं? वह प्रतिशत बढ़ाने के लिए आप क्या कर सकते हैं?

भाग ७

एक निश्चयी की महिमा

|| ३०-३१ ||

अध्याय ९

अपि चेत्सुदुराचारो भजते मामनन्यभाक् । साधुरेव स मन्तव्यः सम्यग्व्यवसितो हि सः ।।३०।।
क्षिप्रं भवति धर्मात्मा शश्वच्छान्तिं निगच्छति । कौन्तेय प्रतिजानीहि न मे भक्तः प्रणश्यति ।।३१।।

30-31

श्लोक अनुवाद : यदि (कोई) अतिशय दुराचारी भी अनन्य भाव से मेरा भक्त होकर मुझको भजता है (तो) वह साधु ही मानने योग्य है। क्योंकि वह यथार्थ निश्चयवाला है। अर्थात उसने भली-भाँति निश्चय कर लिया है कि परमेश्वर के भजन के समान अन्य कुछ भी नहीं है।।३०।।

वह शीघ्र ही धर्मात्मा हो जाता है (और) सदा रहनेवाली परमशांति को प्राप्त होता है। हे अर्जुन! (तू) निश्चयपूर्वक सत्य जान कि मेरे भक्त का पतन नहीं होता।।३१।।

गीतार्थ : हर इंसान अपना ऊपरी स्वभाव ही स्थाई मानकर बैठ गया है। 'स्वभावाला औषध नाही! (स्वभाव बदलने के लिए कोई दवा नहीं होती!)' इस कहावत के सहारे इंसान ने अपनी वृत्तियों को छूट दे रखी है। मगर इंसान जब किसी संत के संपर्क में आता है तब उसकी वृत्तियाँ व गलत संस्कार टूटने लगते हैं। श्रीकृष्ण कहते हैं, 'दुराचारी से दुराचारी इंसान भी जब मेरा अनन्य भक्त होकर मेरा सिमरन, भजन करता है, उसे साधु ही मानना चाहिए। क्योंकि वह ईश्वर को प्राप्त करने का दृढ़ निश्चय करता है।'

इतिहास में ऐसे कई उदाहरण दर्ज हैं, जहाँ कुछ लोग चोरी-चकारी और हत्याएँ करते थे। जिनके लिए हत्याएँ करना कोई बड़ी बात नहीं थी। बहुत ही क्रूर इंसान के रूप में उनकी पहचान थी। परंतु जब वे किसी तरह संत (सत्य) के संपर्क में आए तब उनका पूरा जीवन ही बदल गया। सत्य की राह पर चलते हुए इनमें से कुछ लोग संत महात्मा बन गए। भगवान बुद्ध के शिष्य अंगुलिमाल, नारद शिष्य ऋषि वाल्मिकी इसके प्रसिद्ध उदाहरण हैं।

यहाँ पर लोगों के मन में शंका हो सकती है कि जो बुरे लोग बाद में अपनी प्रवृत्ति बदलकर भक्त या साधु बन गए मगर उनके बुरे कर्मों का क्या... उन्होंने जो पहले लोगों को कष्ट दिए, उनका हिसाब कैसे चुकता होगा? इसका जवाब यह है कि हर इंसान के सामने उसके बुरे कर्मों का फल आता ही है। बुराई का रास्ता छोड़, भक्ति के मार्ग पर बढ़नेवालों को भी उनके कर्मफल आते हैं लेकिन ईश्वर भक्ति में वे उन फलों को ग्रेसफुली भुगतते हैं और चुकता कर देते हैं। यह शक्ति और समर्पण

अध्याय ९ : ३०-३१

उन्हें ईश्वर से सहज ही मिलता है।

डाकू अंगुलिमाल से बौद्ध भिक्षु अहिंसक बनने के बाद वे उसी गाँव में भिक्षा माँगने गए, जहाँ उन्होंने अनेक लोगों की हत्याएँ की थीं। वहाँ लोग उन्हें पहचान गए। वे उन पर पत्थर बरसाने लगे, उन्हें गालियाँ देने लगे पर वे सब कुछ सहज भाव से स्वीकार करते गए। उन्हें चोट लगी, खून बहने लगा तब भी उन्होंने कोई विरोध नहीं किया। जब भगवान बुद्ध ने वहाँ पहुँचकर गाँववालों को रोकना चाहा तो वे बोले, 'इन्हें मत रोकिए, मैं ये घाव और पीड़ा पाकर संतुष्ट हूँ क्योंकि यह मेरे पापों का प्रायश्चित हो रहा है।'

देखा आपने निष्काम और शुद्ध भक्ति इंसान को इतना सब्र और स्वीकार भाव दे देती है कि बुरे से बुरा फल भी उसे दुःखी या विचलित नहीं कर पाता। वह उसे ईश्वर का प्रसाद मानकर ऐसे ही ग्रहण करता है, जैसे अच्छे फल को।

चिंतन निरंतर मुझमें रखकर (मुझे भजते हुए) अनासक्त भाव से अपनी ज़िम्मेदारियाँ निभाता है वह मेरी दृष्टि में सबसे श्रेष्ठ है। अतः वे अर्जुन से ऐसा ही परम प्रिय योगी बनने की अपेक्षा दिखाते हैं।

● मनन प्रश्न :

१. 'फलों को ग्रेसफुली भुगतना', क्या आप इस बात की गहराई को समझ पाए हैं?

२. मनन करें– आपने किन-किन नकारात्मक फलों को ग्रेसफुली भुगता है और उससे आपको क्या लाभ हुए हैं?

भाग ८

शरणागति
(असाधारण समर्पण) सूत्र
|| ३२-३४ ||

अध्याय ९

मां हि पार्थ व्यपाश्रित्य येऽपि स्यु पापयोनयः । स्त्रियो वैश्यास्तथा शूद्रास्तेऽपि यान्ति परां गतिम् ।।३२।।

किं पुनर्ब्राह्मणाः पुण्या भक्ता राजर्षयस्तथा । अनित्यमसुखं लोकमिमं प्राप्य भजस्व माम् ।।३३।।

मन्मना भव मद्भक्तो मद्याजी मां नमस्कुरु । मामेवैष्यसि युक्त्वैवमात्मानं मत्परायणः।।३४।।

32-34

श्लोक अनुवाद : क्योंकि हे अर्जुन! स्त्री, वैश्य, शूद्र तथा पापयोनि–चाण्डालादि जो कोई भी हों, वे भी मेरी शरण होकर परमगति को (ही) प्राप्त होते हैं।।३२।।

फिर (इसमें तो कहना ही) क्या है, (जो) पुण्यशील ब्राह्मण तथा राजर्षि भक्तजन तो निश्चय ही (मेरी शरण होकर परमगति को प्राप्त होते हैं। इसलिए तू) सुखरहित (और) क्षणभंगुर इस मनुष्य–शरीर को प्राप्त होकर (निरंतर) मेरा (ही) भजन कर।।३३।।

मुझमें मनवाला हो, मेरा भक्त बन, मेरा पूजन करनेवाला हो, मुझको प्रणाम कर। इस प्रकार आत्मा को (मुझमें) नियुक्त करके मेरे परायण होकर (तू) मुझको ही प्राप्त होगा।।३४।।

गीतार्थ : प्रस्तुत श्लोकों में श्रीकृष्ण अर्जुन को समझाते हुए कहते हैं– 'पापी से भी पापी इंसान यदि मेरी राह पर चल पड़े तो वह मुझ तक पहुँचता है। इंसान की पूर्व में कैसी भी चेतना रही हो, वह किसी भी जाति या समाज का हो, कोई भी काम या व्यवसाय करता हो, स्त्री हो या पुरुष हो, मेरी राह पर चलकर मुझ तक पहुँचता ही है।'

संत रविदास चमार थे, कबीर बुनकर थे, गुरुनानक व्यापारी के बेटे थे, शबरी मछुआरों के परिवार से थीं, केवट नाविक थे... वहीं गौतम बुद्ध, महावीर, मीरा राजसी परिवार से थे। इन सभी पर बिना किसी भेद भाव के ईश्वरीय कृपा हुई। ये सभी भक्ति के मार्ग पर आगे बढ़े और इन्होंने स्वबोध प्राप्त किया।

श्रीकृष्ण कहते हैं, 'जब पाप कर्म करनेवाले, दुराचारी, वैश्य, शूद्र, स्त्री आदि सभी मेरी शरण में आकर मेरा आश्रय लेकर परमगति को प्राप्त हो जाते हैं, पवित्र हो जाते हैं तो फिर पुण्यशील ब्राह्मण और पवित्र क्षत्रिय का तो कहना ही क्या! जो लोग पहले से ही शुद्ध भाव में हैं, पुण्यकर्म करते हैं, सद्चरित्र हैं, जिन्हें सत्संग का लाभ मिलता है, यदि वे निष्काम कर्म और भक्ति में प्रवृत्त हो जाएँ तो वे निश्चय ही स्वबोध को प्राप्त करेंगे। इसलिए तू अनित्य और सुखरहित इस शरीर को पाकर यानी ''हम जीते रहें और सुख भोगते रहें'', ऐसी

कामना को छोड़कर मेरा भजन कर।'

संसार में अधिकांश लोग केवल शरीर में ही जीते हैं। वे शरीर को ही 'मैं' मानते हैं इसलिए वे शरीर को ही खुश करना चाहते हैं। 'शरीर खुश यानी मैं खुश', ऐसा सोचकर ये लोग इस भ्रम में रहते हैं कि 'मैं और शरीर एक हैं।' किंतु जब वे असाधारण समर्पण करते हैं तब कर्म के साथ-साथ समर्पण करनेवाला भी समर्पित हो जाता है।

सोचकर देखें कि यदि इस तरह का समर्पण हुआ तो आपका जीवन कैसा होगा? आपकी समस्याओं का क्या होगा? हो सकता है, आप सोचें कि इस तरह के समर्पण से मुझे क्या लाभ परंतु इसका अर्थ है कि यह सोचनेवाले व्यक्ति (अहंकार) ने जो समर्पित किया था, वह वापस ले लिया। यह गलती अकसर हो जाती है इसलिए असाधारण समर्पण योग की गहराई को पकड़कर रखें।

यदि आपको असाधारण समर्पण का एक हिस्सा स्पष्ट है और दूसरा नहीं है तो अज्ञान में आप फिर से असमर्पण की अवस्था में चले जाते हैं या जो समर्पित किया, उसे वापस लेते हैं। फिर वही तनाव व चिंताएँ हमें घेर लेती हैं क्योंकि जो घटना में फँसा हुआ व्यक्ति है, उसे बाकी सब दिखना बंद हो जाता है।

मिसाल के तौर पर जब एक इंसान मंदिर में प्रसाद चढ़ाता है तब वहाँ से निकलते वक्त आम तौर पर उसे वहीं पर बाँट देता है। किंतु अगर किसी ने वहाँ से निकलते वक्त पूरा प्रसाद वापस लिया तो उसे आप क्या कहेंगे? जिस तरह इंसान मंदिर में प्रसाद का भोग चढ़ाता है, उसी तरह अपने विकार, अहंकार, सुख-दुःख सभी का समर्पण करता है। किंतु जब घटनाओं के दौरान उसे असुरक्षित लगता है तब वह अपने विकार वापस लेता है और पुराना प्रतिसाद देता है। इस तरह उसके समर्पण की लेन-देन चलती रहती है।

इस तरह का समर्पण असाधारण समर्पण नहीं है। विपदाओं में जब

अध्याय ९ : ३२-३४

लोग अपने विकारों से प्रतिसाद देते हैं तब वे ज़्यादातर अपने शरीर की ताकत पर ही भरोसा रखते हैं। वे जीवन की हर समस्या सुलझाने के लिए ताकत का इस्तेमाल करते हैं। इनकी चाहत शक्ति है। दौलत, कुर्सी, नाम-शोहरत और जानकारी की शक्ति को ही वे अपनी शक्ति समझते हैं।

इंद्रियों या मन की वृत्तियों से परमसुख प्राप्त करने की क्रिया बस एक क्रिया बनकर रह जाती है, उससे कभी स्वअनुभव नहीं होगा। उलटा इससे वृत्तियाँ और भी गहरी बनती जाती हैं।

अज्ञान के रहते इंसान सालों-साल इंद्रियों से परमसुख पाने की कोशिश करता है। लोग इंद्रियों को खुश करने के चक्कर में बहुत सारा कीमती समय गँवा देते हैं। उदाहरण के लिए कुछ लोग ज़रा सी बोरियत महसूस होने पर टी.वी. चलाकर, घंटों उसके सामने बैठे रहते हैं।

कुछ लोग ज़रूरत से ज़्यादा खाने के शौकीन होते हैं, वे हर होटल में खाने के द्वारा परमसुख ढूँढ़ते हैं। एक होटल में नहीं मिला तो दूसरे होटल में जाते हैं। फिर यह सिलसिला चलता ही रहता है। कई सालों तक ऐसा करते-करते उनकी यह साधारण सी लगनेवाली क्रिया वृत्ति में परिवर्तित हो जाती है। ऐसे में केवल भक्ति ही काम आती है क्योंकि सिर्फ भक्ति ही उस वृत्ति को तोड़ सकती है।

मन में माया के विचार हैं तो इंसान बाहर की ही यात्रा करता है। परंतु जब उसे मार्गदर्शन देनेवाला मिल जाता है, जो उससे कहता है कि 'अब बाहर की यात्रा के साथ-साथ अंदर की यात्रा भी करो' तब इंसान विचारों के मूल स्थान, तेजस्थान (हृदय) तक पहुँच जाता है, जहाँ परममौन है।

अतः फैसला करें कि हम किस तरह का जीवन जीना चाहते हैं? शरीर की सुख-सुविधाओं से हटकर सेवा, प्रेम और अंत में भक्ति प्राप्त करनी है या शरीर में ही जीकर इच्छाओं, वासनाओं और अहंकार में

जीना है? आपमें इतनी भक्ति और समझ होनी चाहिए कि आप माया के प्रलोभनों को समझकर उन्हें नकार सकें तथा असाधारण समर्पण करते हुए जीवन बिताएँ।

● **मनन प्रश्न :**

१. मनन करें, जब आप 'मैं' कहते हैं तो किसके लिए कहते हैं?

२. सब बातों को समझते हुए क्या आप अपने सभी अच्छे या बुरे पूर्व कर्म ईश्वर को समर्पित कर, उसकी शरण में आने के लिए तैयार हैं?

• • •

यह पुस्तक पढ़ने के बाद आप अपना अभिप्राय (विचार सेवा) इस पते पर भेज सकते हैं ... *Tejgyan Global Foundation, Pimpri Colony Post office, P.O. Box 25, Pune - 411 017. Maharashtra (India).*

तेजज्ञान ग्लोबल फाउण्डेशन
सरश्री अल्प परिचय

स्वीकार मंत्र मुद्रा

सरश्री की आध्यात्मिक खोज का सफर उनके बचपन से प्रारंभ हो गया था। इस खोज के दौरान उन्होंने अनेक प्रकार की पुस्तकों का अध्ययन किया। इसके साथ ही उन्होंने अपने आध्यात्मिक अनुसंधान के दौरान अनेक ध्यान पद्धतियों का अभ्यास किया। उनकी इसी खोज ने उन्हें कई वैचारिक और शैक्षणिक संस्थानों की ओर बढ़ाया। इसके बावजूद भी वे अंतिम सत्य से दूर रहे।

उन्होंने अपने तत्कालीन अध्यापन कार्य को भी विराम लगाया ताकि वे अपना अधिक से अधिक समय सत्य की खोज में लगा सकें। जीवन का रहस्य समझने के लिए उन्होंने एक लंबी अवधि तक मनन करते हुए अपनी खोज जारी रखी, जिसके अंत में उन्हें आत्मबोध प्राप्त हुआ। **आत्मसाक्षात्कार के बाद उन्होंने जाना कि अध्यात्म का हर मार्ग जिस कड़ी से जुड़ा है वह है— समझ (अंडरस्टैण्डिंग)।** उसके बाद उन्होंने अपना पूरा समय मानवता के आध्यात्मिक विकास में अर्पण किया।

सरश्री कहते हैं कि 'सत्य के सभी मार्गों की शुरुआत अलग-अलग प्रकार से होती है लेकिन सभी के अंत में एक ही समझ प्राप्त होती है। **'समझ' ही सब कुछ है और यह 'समझ' अपने आपमें पूर्ण है।** आध्यात्मिक ज्ञान प्राप्ति के लिए इस 'समझ' का श्रवण ही पर्याप्त है।' इसी समझ को उजागर करने के लिए उन्होंने आज तक तीन हज़ार से अधिक प्रवचन दिए हैं। साथ ही उन्होंने 'महाआसमानी परम ज्ञान शिविर' और उसके लिए आवश्यक कार्यप्रणाली (सिस्टम) की रचना

की है, जिसका लाभ लाखों खोजी ले रहे हैं। इसी समझ के प्रचार और प्रसार के लिए उन्होंने 'तेजज्ञान फाउण्डेशन' नामक आध्यात्मिक संस्था की नींव रखी है। इस संस्था का मुख्य उद्देश्य है- **'हॅपी थॉट्स द्वारा उच्चतम विकसित समाज का निर्माण'।**

विश्व का हर इंसान आज सरश्री के मार्गदर्शन का लाभ ले सकता है, जिसके लिए किसी भी धर्म, जाति, उपजाति, वर्ण, पंथ, रंग या लिंग का बंधन नहीं है। विश्व के हर कोने में बसे लोग आज तेजज्ञान की इस अनूठी ज्ञान प्रणाली (System for Wisdom) का लाभ ले रहे हैं। इस व्यवस्था के एक हिस्से के रूप में लाखों लोग रोज सुबह और रात को ९ बजकर ९ मिनट पर विश्वशांति के लिए प्रार्थना करते हैं।

सरश्री को बेस्टसेलर पुस्तक 'विचार नियम' श्रृंखला के रचनाकार के रूप में जाना जाता है, जिसकी १ करोड़ से ज़्यादा प्रतियाँ केवल ५ सालों में वितरित हो चुकी हैं। इसके अलावा उन्होंने विविध विषयों पर १०० से अधिक पुस्तकों का लेखन किया है, जिनमें से कई पुस्तकें बेस्टसेलर बन चुकी हैं। ये पुस्तकें दस से अधिक भाषाओं में अनुवादित की जा चुकी हैं और प्रमुख प्रकाशकों द्वारा प्रकाशित की गई हैं, जैसे पेंगुइन बुक्स, जैको बुक्स, मंजुल पब्लिशिंग हाऊस, प्रभात प्रकाशन, राजपाल अॅण्ड सन्स, पेंटागॉन प्रेस, सकाळ प्रकाशन इत्यादि।

तेजज्ञान फाउण्डेशन – परिचय

तेजज्ञान फाउण्डेशन आत्मविकास से आत्मसाक्षात्कार प्राप्त करने का एक रास्ता है। इसके लिए सरश्री द्वारा एक अनूठी बोध पद्धति (System for Wisdom) का सृजन हुआ है। इस पद्धति को अन्तर्राष्ट्रीय मानक ISO 9001:2015 के आवश्यकताओं एवं निर्देशों के अनुरूप ढालकर सरल, व्यावहारिक एवं प्रभावी बनाया गया है।

इस संस्था की बोध पद्धति के विभिन्न पहलुओं (शिक्षण, निरीक्षण व गुणवत्ता) को स्वतंत्र गुणवत्ता परीक्षकों (Quality Auditors) द्वारा क्रमबद्ध तरीके से जाँचा गया। जिसके बाद इन पहलुओं को ISO 9001:2015 के अनुरूप पाकर, इस बोध पद्धति को प्रमाणित किया गया है।

फाउण्डेशन का लक्ष्य आपको नकारात्मक विचार से सकारात्मक विचार की ओर बढ़ाना है। सकारात्मक विचार से शुभ विचार यानी हॅपी थॉट्स (विधायक आनंदपूर्ण विचार) और शुभ विचार से निर्विचार की ओर बढ़ा जा सकता है। निर्विचार से ही आत्मसाक्षात्कार संभव है। शुभ विचार (Happy Thoughts) यानी यह विचार कि 'मैं हर विचार से मुक्त हो जाऊँ।' शुभ इच्छा यानी यह इच्छा कि 'मैं हर इच्छा से मुक्त हो जाऊँ।'

ज्ञान का अर्थ है सामान्य ज्ञान लेकिन तेजज्ञान यानी वह ज्ञान जो ज्ञान व अज्ञान के परे है। कई लोग सामान्य ज्ञान की जानकारी को ही ज्ञान समझ लेते हैं लेकिन असली ज्ञान और जानकारी में बहुत अंतर है। आज लोग सामान्य ज्ञान के जवाबों को ज़्यादा महत्त्व देते हैं। उदाहरण के तौर पर कर्म और भाग्य, योग और प्राणायाम, स्वर्ग और नर्क इत्यादि। आज के युग में सामान्य ज्ञान प्रदान करनेवाले लोग और शिक्षक कई मिल जाएँगे मगर इस ज्ञान को पाकर जीवन में कोई बड़ा परिवर्तन नहीं होता। यह ज्ञान या तो केवल बुद्धि विलास है या फिर अध्यात्म के नाम पर बुद्धि का व्यायाम है।

सभी समस्याओं का समाधान है- तेजज्ञान। भय से मुक्ति, चिंतारहित व क्रोध से आज़ाद जीवन है- तेजज्ञान। शारीरिक, मानसिक, सामाजिक, आर्थिक और आध्यात्मिक

उन्नति के लिए है- तेजज्ञान। तेजज्ञान आपके अंदर है, आएँ और इसे पाएँ।

यदि आप ऐसा ज्ञान चाहते हैं, जो सामान्य ज्ञान के परे हो, जो हर समस्या का समाधान हो, जो सभी मान्यताओं से आपको मुक्त करे, जो आपको ईश्वर का साक्षात्कार कराए, जो आपको सत्य पर स्थापित करे तो समय आ गया है तेजज्ञान को जानने का। समय आ गया है शब्दोंवाले सामान्य ज्ञान से उठकर तेजज्ञान का अनुभव करने का।

अब तक अध्यात्म के अनेक मार्ग बताए गए हैं। जैसे जप, तप, मंत्र, तंत्र, कर्म, भाग्य, ध्यान, ज्ञान, योग और भक्ति आदि। इन मार्गों के अंत में जो समझ, जो बोध प्राप्त होता है, वह एक ही है। सत्य के हर खोजी को अंत में एक ही समझ मिलती है और इस समझ को सुनकर भी प्राप्त किया जा सकता है। उसी समझ को सुनना यानी तेजज्ञान प्राप्त करना है। तेजज्ञान के श्रवण से सत्य का साक्षात्कार होता है, ईश्वर का अनुभव होता है। यही तेजज्ञान सरश्री महाआसमानी शिविर में प्रदान करते हैं।

महाआसमानी परम ज्ञान
शिविर परिचय और लाभ (निवासी)

क्या आपको उच्चतम आनंद पाने की इच्छा है? ऐसा आनंद, जो किसी कारण पर निर्भर नहीं है, जिसमें समय के साथ केवल बढ़ोतरी ही होती है। क्या आप इसी जीवन में प्रेम, विश्वास, शांति, समृद्धि और परमसंतुष्टि पाना चाहते हैं? क्या आप शारीरिक, मानसिक, सामाजिक, आर्थिक और आध्यात्मिक इन सभी स्तरों पर सफलता हासिल करना चाहते हैं? क्या आप 'मैं कौन हूँ' इस सवाल का जवाब अनुभव से जानना चाहते हैं।

यदि आपके अंदर इन सवालों के जवाब जानने की और 'अंतिम सत्य' प्राप्त करने की प्यास जगी है तो तेजज्ञान फाउण्डेशन द्वारा आयोजित 'महाआसमानी शिविर' में आपका स्वागत है। यह शिविर पूर्णतः सरश्री की शिक्षाओं पर आधारित है। सरश्री आज के युग के आध्यात्मिक गुरु और 'तेजज्ञान फाउण्डेशन' के संस्थापक हैं, जो अत्यंत सरलता से आज की लोकभाषा में आध्यात्मिक समझ प्रदान करते हैं।

महाआसमानी शिविर का उद्देश्य :

इस शिविर का उद्देश्य है, 'विश्व का हर इंसान 'मैं कौन हूँ' इस सवाल का जवाब जानकर सर्वोच्च आनंद में स्थापित हो जाए।' उसे ऐसा ज्ञान मिले, जिससे वह हर पल वर्तमान में जीने की कला प्राप्त करे। भूतकाल का बोझ और भविष्य की चिंता इन दोनों से वह मुक्त हो जाए। हर इंसान के जीवन में स्थायी खुशी, सही समझ और समस्याओं को विलीन करने की कला आ जाए। मनुष्य जीवन का उद्देश्य पूर्ण हो।

'मैं कौन हूँ? मैं यहाँ क्यों हूँ? मोक्ष का अर्थ क्या है? क्या इसी जन्म में मोक्ष प्राप्ति संभव है?' यदि ये सवाल आपके अंदर हैं तो महाआसमानी शिविर इसका जवाब है।

महाआसमानी शिविर के मुख्य लाभ :

इस शिविर के लाभ तो अनगिनत हैं मगर कुछ मुख्य लाभ इस प्रकार हैं–

* जीवन में दमदार लक्ष्य प्राप्त होता है।
* 'मैं कौन हूँ' यह अनुभव से जानना (सेल्फ रियलाइजेशन) होता है।
* मन के सभी विकार विलीन होते हैं।
* भय, चिंता, क्रोध, बोरडम, मोह, तनाव जैसी कई नकारात्मक बातों से मुक्ति मिलती है।
* प्रेम, आनंद, मौन, समृद्धि, संतुष्टि, विश्वास जैसे कई दिव्य गुणों से युक्ति होती है।
* सीधा, सरल और शक्तिशाली जीवन प्राप्त होता है।
* हर समस्या का समाधान प्राप्त करने की कला मिलती है।
* 'हर पल वर्तमान में जीना' यह आपका स्वभाव बन जाता है।
* आपके अंदर छिपी सभी संभावनाएँ खुल जाती हैं।
* इसी जीवन में मोक्ष (मुक्ति) प्राप्त होता है।

महाआसमानी शिविर में भाग कैसे लें?

इस शिविर में भाग लेने के लिए आपको कुछ खास माँगें पूरी करनी होती हैं। जैसे–

१) आपकी उम्र कम से कम अठारह साल या उससे ऊपर होनी चाहिए।

२) आपको सत्य स्थापना शिविर (फाउण्डेशन ट्रुथ रिट्रीट) में भाग लेना होगा, जहाँ आप सीखेंगे- वर्तमान के हर पल को कैसे जीया जाए और निर्विचार दशा में कैसे प्रवेश पाएँ।

३) आपको कुछ प्राथमिक प्रवचनों में उपस्थित होना है, जहाँ आप बुनियादी समझ आत्मसात कर, महाआसमानी शिविर के लिए तैयार होते हैं।

यह शिविर साल में पाँच या छह बार आयोजित होता है, जिसका लाभ हज़ारों खोजी उठाते हैं। इस शिविर की तैयारी आगे दिए गए स्थानों पर कराई जाती है। पुणे, मुंबई, दिल्ली, सांगली, सातारा, जलगाँव, अहमदाबाद, कोल्हापुर, नासिक, अहमदनगर, औरंगाबाद, सूरत, बरोडा, नागपुर, भोपाल, रायपुर, चेन्नई, वर्धा, अमरावती, चंद्रपुर, यवतमाल, रत्नागिरी, लातूर, बीड, नांदेड, परभणी, पनवेल, ठाणे, सोलापुर, पंढरपुर, अकोला, बुलढाणा, धुले, भुसावल, बैंगलोर, बेलगाम, धारवाड, भुवनेश्वर, कोलकत्ता, राँची, लखनऊ, कानपुर, चंदीगढ़, जयपुर, पणजी, म्हापसा, इंदौर, इटारसी, हरदा, विदिशा, बुरहानपुर।

आप महाआसमानी की तैयारी फाउण्डेशन में उपलब्ध सरश्री द्वारा रचित पुस्तकों, सी.डी. और कैसेटस् सुनकर कर सकते हैं। इसके अलावा आप टी.वी., रेडियो और यू ट्यूब पर सरश्री के प्रवचनों का लाभ भी ले सकते हैं मगर याद रहे, ये पुस्तकें, कैसेट, टी.वी., रेडियो और यू ट्यूब के प्रवचन शिविर का परिचय मात्र है, तेजज्ञान नहीं। आप महाआसमानी शिविर में भाग लेकर ही तेजज्ञान का आनंद ले सकते हैं। आगामी महाआसमानी शिविर में अपना स्थान आरक्षित करने के लिए संपर्क करें : 09921008060/75, 9011013208

महाआसमानी शिविर स्थान :

यह शिविर पुणे में स्थित मनन आश्रम पर आयोजित किया जाता है। इस शिविर के लिए भोजन और रहने की व्यवस्था की जाती है। यदि आपको कोई शारीरिक बीमारी है और आप नियमित रूप से दवाई ले रहे हैं तो कृपया अपनी दवाइयाँ साथ में लेकर आएँ। वातावरण अनुसार गरम कपड़े, स्वेटर, ब्लैंकेट आदि भी लाएँ।

'मनन आश्रम' पुणे शहर के बाहरी क्षेत्र में पहाड़ों और निसर्ग के असीम सौंदर्य के बीच बसा हुआ है। इस आश्रम में पुरुषों और महिलाओं के लिए अलग-अलग,

कुल मिलाकर 700 से 800 लोगों के रहने की व्यवस्था है। यह आश्रम पुणे शहर से 17 किलो मीटर की दूरी पर है। हवाई अड्डा, हाइवे और रेलवे से पुणे आसानी से आ-जा सकते हैं।

मनन आश्रम : मनन आश्रम, पुणे, सर्वे नं. ४३, सनस नगर, नांदोशी गाँव, किरकट वाडी फाटा, तहसील - हवेली, जिला : पुणे - ४११०२४. फोन : 09921008060

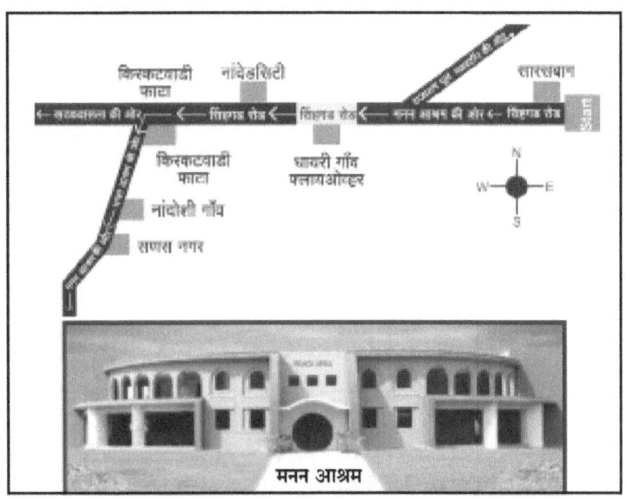

मनन आश्रम

अब एक क्लिक पर ही शिविर का रजिस्ट्रेशन !

तेजज्ञान फाउण्डेशन की इन शिविरों के लिए
अब आप ऑनलाईन रजिस्ट्रेशन भी कर सकते हैं-

* महाआसमानी परम ज्ञान शिविर परिचय और लाभ (पाँच दिवसीय निवासी शिविर)
* मैजिक ऑफ अवेकनिंग (केवल अंग्रेजी भाषा जाननेवालों के लिए तीन दिवसीय निवासी शिविर)
* मिनी महाआसमानी (निवासी) शिविर, युवाओं के लिए

 रजिस्ट्रेशन के लिए आज ही लॉग इन करें

– तेजज्ञान इंटरनेट रेडियो –

२४ घंटे और ३६५ दिन सरश्री के प्रवचन और भजनों का लाभ लें,
तेजज्ञान इंटरनेट रेडियो द्वारा। देखें लिंक
http://www.tejgyan.org/internetradio.aspx

हर रविवार सुबह १०.०५ से १०.१५ तक रेडियो विविध भारती, एफ. एम. पुणे पर 'हॅपी थॉट्स कार्यक्रम'

www.youtube.com/tejgyan
पर भी सरश्री के प्रवचनों का लाभ ले सकते हैं।
For online shoping visit us - www.tejgyan.org,
www.gethappythoughts.org

पुस्तकें प्राप्त करने के लिए नीचे दिए गए पते पर मनीऑर्डर द्वारा पुस्तक का मूल्य भेज सकते हैं। पुस्तकें रजिस्टर्ड, कुरियर अथवा वी.पी.पी. द्वारा भेजी जाती हैं। पुस्तकों के लिए नीचे दिए गए पते पर संपर्क करें।

✻ WOW Publishings Pvt. Ltd. रजिस्टर्ड ऑफिस-E-4, वैभव नगर, तपोवन मंदिर के नज़दीक, पिंपरी, पुणे– 411017

✻ पोस्ट बॉक्स नं. 36, पिंपरी कॉलोनी पोस्ट ऑफिस, पिंपरी, पुणे - 411017
फोन नं.: 09011013210 / 9623457873
आप ऑन-लाइन शॉपिंग द्वारा भी पुस्तकों का ऑर्डर दे सकते हैं।
लॉग इन करें - www.gethappythoughts.org
300 रुपयों से अधिक पुस्तकें मँगवाने पर 10% की छूट और फ्री शिपिंग।

e-mail
mail@tejgyan.com

website
www.tejgyan.org, www.gethappythoughts.org

- विश्व शांति प्रार्थना -

पृथ्वी पर सफेद रोशनी (दिव्य शक्ति) आ रही है।
पृथ्वी से सुनहरी रोशनी (चेतना) उभर रही है।
विश्व से सारी नकारात्मकता दूर हो रही है।
सभी प्रेम, आनंद और शांति के लिए
खुल रहे हैं, खिल रहे हैं।'

यह 'सामूहिक अव्यक्तिगत प्रार्थना' तेजज्ञान फाउण्डेशन के सदस्य पिछले कई सालों से निरंतरता से कर रहे हैं। खुश लोग यह प्रार्थना कर सकते हैं और बीमार, दु:खी लोग उस वक्त एक जगह बैठकर इस प्रार्थना को ग्रहण कर स्वास्थ्य लाभ पा सकते हैं।

यदि इस वक्त आप परेशान या बीमार हैं तो रोज ९:०९ सुबह या रात को केवल ग्रहणशील होकर इस भाव से बैठें कि 'स्वास्थ्य और शांति की सफेद रोशनी जो इस वक्त कई प्रार्थना में बैठे लोगों द्वारा नीचे पृथ्वी पर उतर रही है, वह मुझमें भी अपना कार्य कर रही है। मैं स्वस्थ और शांत हो रहा हूँ।' कुछ देर इस भाव में रहकर आप सबको धन्यवाद देकर उठें।

तेजज्ञान फाउण्डेशन – मुख्य शाखाएँ

पुणे (रजिस्टर्ड ऑफिस)
विक्रांत कॉम्प्लेक्स, तपोवन मंदिर के नज़दीक,
पिंपरी, पुणे-४११ ०१७. फोन : 020-27411240, 27412576

मनन आश्रम
सर्वे नं. ४३, सनस नगर, नांदोशी गाँव, किरकटवाडी फाटा,
तहसील- हवेली, जिला- पुणे - ४११ ०२४.
फोन : 09921008060

e-books
- The Source • Complete Meditation
- Ultimate Purpose of Success • Enlightenment
- Inner Magic • Celebrating Relationships
- Essence of Devotion • Master of Siddhartha
- Self Encounter, and many more.

Also available in Hindi at www.gethappythoughts.org

e-magazines
'Yogya Aarogya' & 'Drushtilakshya'
emagazines available on www.magzter.com

www.ingramcontent.com/pod-product-compliance
Lightning Source LLC
LaVergne TN
LVHW040159080526
838202LV00042B/3226
* 9 7 8 8 1 8 4 1 5 6 9 0 4 *